KB203131

우치다 다쓰루

50년 넘게 대중과 소통하며 글쓰고 수련하는 사상가이자 무도가. 도쿄에서 태어나 도쿄대학 문학부 불문과를 졸업했다. 에마누엘 레비나스를 발견해 평생의 스승으로 삼아 프랑스 문학과 사상을 공부했으며 도쿄도립대학을 거쳐 고베여학원대학에서 교편을 잡다가 2011년 퇴직하고 명예교수가 되었다. 개풍관이라는 합기도장을 열어 자기 수련을 하며 제자들도 가르치고 있다. 블로그 '우치다 다쓰루의 연구실'을 운영하며 문학·영화·예술·철학·사회·정치·교육·무도 등 다양한 분야에서 자신만의 스타일로 거침없는 글을 쏟아낸다. 공저와 번역을 포함해 지금까지 100권이 넘는 책을 썼고, 국내에 번역 출간된 책만 40권이 넘는다.
『푸코, 바르트, 레비스트로스, 라캉 쉽게 읽기』『도서관에는 사람이 없는 편이 좋다』『교사를 춤추게 하라』『인구 감소 사회는 위험하다는 착각』『어른 없는 사회』『완벽하지 않을 용기』『거리의 현대사상』『어떻게든 되겠지』 등의 대표작이 있다.

박동섭

독립연구자. 사상가와 철학자의 언어를 대중도 이해할 수 있는 언어로 설명하고 알리고자 애쓰고 있다. 세계에서 유일한 우치다 다쓰루 연구자를 자처하며 『우치다 선생에게 배우는 법』과 『우치다 다쓰루』를 썼다. 이외 『심리학의 저편으로』『성숙, 레비나스와의 시간』『동사로 살다』『레프 비고츠키』 등의 저서를 쓰고, 『우치다 선생이 읽는 법』『도서관에는 사람이 없는 편이 좋다』『단단한 삶』 등을 우리말로 옮겼다.

무지의 즐거움

무지의 즐거움

지적 흥분을 부르는
천진한 어른의 공부 이야기

우치다 다쓰루 지음 · 박동섭 옮김

생소한 질문을 만나는 즐거움에 관하여

여러분, 안녕하세요. 우치다 다쓰루입니다.

이렇게 한국 독자를 향해 책을 쓰는 것은 처음이네요. 그간 꽤 많은 책을 쓰고 출판했지만 대개 일본 출판사와 계약해서 글을 썼으니 당연히 일본 독자를 먼저 떠올리며 썼습니다. 물론 한국과 중국, 미국으로까지 확장될 만한 주제로 글을 쓸 때는 '이 글은 다른 나라 독자들이 읽을 수도 있겠다'라는 생각을 하기도 했지만 일차 독자를 일본 사람으로 상정한 것에는 변함이 없었습니다. 하지만 이 책은 처음으로 한국 독자를 가장 먼저 떠올리며 쓴, 제 첫 '오리지널 한국판 책'입니다.

그런데 사실 저는 한국 독자들이 제게 어떤 이야기를 듣고 싶어 하는지 잘 모릅니다. 그래서 유유출판사로부터 출판 제안을 받았을 때 역으로 제안했지요. 출판사에서 먼저 제게 묻고 싶은 질문을 던지면 제가 거기 대답하는 형식으로 책을 쓰면 어떻겠냐고요. 혹시 제가 열변을 토한 뒤에 "저, 선생님. 실은 저희가 그런 말씀을 듣고 싶었던 것은 아니고요……" 같은 이야기를 들으면 좀 당혹스러울 테니까요.

그렇게 출판사와 번역가 박동섭 선생으로부터 몇 가지 질문을 받았습니다. 놀라웠던 건 그 어떤 질문도 이전에 일본 미디어로부터는 받아 본 적 없는 내용이었다는 점입니다. 가령 꽤 초반에 일본에서 '우치다 다쓰루의 철학'을 가르치고 전도하고 실천하는 제자들의 사례에 관한 질문을 받았는데, 일본에서 저를 철학자로 인지하는 사람은 거의 없습니다. 그렇다면 저는 제 스스로를 어떤 사람이라 소개하면 좋을까요?

저는 대학에서 프랑스 문학을 전공하고 프랑스 문학과 철학을 연구했습니다. 하지만 지금까지 제 직함이 불문학자로 표기된 적은 한 번도 없습니다. 수필가로 한 번, 평론가로 몇 번 표기된 적이 있고, 어느 시기부터는 주로 '사상가' '무도가'로 불렸습니다. '무도가'는 저도 납득할 만한 직업입니다. 실제로 제 도장을 열어서 그곳에서 제자들에게 무도를 가르치며 먹고살고 있으니까요. 그런데 '사상가'는 무슨 말일까요? 사상으로 먹고사는 사람이란 말일까요? 세상에는 '그것으로 밥을 벌어 먹고살 만한 사상'과 '그것으로 먹고살기는 어려운 사상'이 있고, 제가 내놓는 생각은 '그것으로 먹고살 만한 사상'이란 의미일까요? 저도 잘 모르겠습니다. 그렇게 먹고살고 있다고 느낀 적도 없고요.

아마 미디어에서는 낯설어 할 테지만 저는 제 직함으로 '전도자'傳導者가 가장 알맞다고 생각합니다. 에마누엘 레비나스 가르침의 전도자, 알베르 카뮈 가르침의 전도자, 다다 히로시多田宏 가르침의 전도자, 오타키 에이치大瀧詠一 가르침의 전도자, 하시모토 오사무橋本治 가르침의 전도자……. 전도자가 아니라면 조술자·해설가·설명가도 괜찮습니다. 정확한 명칭이야 무엇이든 상관없지만, 제가 생각하는 저의 주된 일은 '선현의 가르침을 한 사람이라도 더 많은 이에게 전하는 사람'입니다.

전한다는 것은 높은 교단에 올라 '선생'의 위치에서 가르치는 것과는 다릅니다. 길 가는 사람의 소매를 붙잡고 "부탁입니다. 제 이야기를 들어 주세요. 시간과 품이 많이 들지는 않을 겁니다" 하고 매달려 간청하는 느낌이라고 할까요. 때때로 "들어 드리지요" 하며 멈춰 서는 기특한 사람을 만날 수도 있을 테고, 이야기를 다 듣고 난 뒤에 "아, 당신 이야기 아주 재미있었어. 자, 이거!" 하며 동전을 건네는 사람도 있을 겁니다. 그 희사금喜捨金을 감사히 받고, 그 돈으로 또 내일의 전도를 위해 몸 누일 곳과 먹을 양식을 손에 넣는 것. 저는 제 집필 활동이 이런 것이라 느낍니다.

다행히 지금까지는 멈춰 서서 제 이야기를 들어 주는 사람이 있었고, 그 나름으로 먹고살 수 있었습니다. 그런데 만약 초겨울의 찬바람 부는 거리에서 저 혼자 "부탁입니다. 제 이야기를 들어 주세요"라고 큰소리로 외쳐도, 아무도 돌아봐 주지 않는 일이 일어나면 어떨까요? 저는 그 상황도 지금과 별반 다르지 않을 거라 생각합니다. 선현의 가르침을 전하는 일을 저는 '일'이라기보다 '맡겨진 사명'이라 생각하고 있으니까요. 그래서 '사상가'라는 직함에는 가끔 위화감을 느낍니다. 그런 거창한 사람이 되어 본 기억도 없고요. 물론 저를 어떻게 부르느냐는 부르는 사람 자유입니다.

어찌됐든 저는 첫 질문에서부터 꽤 놀랐고, 그러면서 '아, 이래서 국가라는 경계를 넘어 메시지를 보내는 일에는 의미가 있구나' 하고 생각하게 되었습니다. 한 번도 받아 본 적 없는 질문에 답하는 과정은 곧 한 번도 생각해 본

적 없는 것을 생각하는 과정이었습니다. 지금까지 한 번도 생각해 본 적 없는 것을 고민하게 해 주었다는 점에서 이번 책의 기획을 감사하게 여깁니다.

자, 그럼 제가 어떤 질문을 받았고 어떻게 대답했는지 부디 재미나게 읽어 주시길! 저는 '나오는 말'에서 다시 뵙겠습니다.

2024년 10월 교토에서

우치다 다쓰루

차례

III 배움의 즐거움

IV 왜곡된 배움

V 배움의 소임

VI 배움의 결실

I 배우는 태도

1 판에 박은 일상

선생님은 잡지를 비롯해 다양한 매체에 기고도 하시고, 강연·집필 등을 꾸준히 하시면서도 매해 굉장한 양의 결과물을 내고 계십니다. 오랫동안 이런 생활을 이어 오시면서 반드시 지키는 원칙이 있으신가요?

아침에 일어나면 먼저 합기도장으로 내려가서 '아침의 독경' 시간을 갖습니다. 딱따기를 치면서 축사를 올리고 『반야심경』을 외우고 부동명왕○의 진언을 외면서 손가락으로

○ 不動明王. 불교의 신앙 대상으로 일본 불교의 수호신으로 여겨진다. 수행법으로 진언을 외고 수인을 맺는다.

허공에 세로 네 줄, 가로 다섯 줄을 긋습니다. 이런 행위는 도장을 영적으로 정돈하는 의식입니다.

그러고 나서 한 손에 커피를 들고 서재에 들어가서 일을 시작합니다. 대체로 오전에는 수 시간 원고를 씁니다. 점심을 먹고 나서 낮잠을 좀 자고 저녁 무렵까지 또 원고를 쓰거나 책을 읽습니다. 이것이 기본입니다. 틈이 나면 합기도와 검도 수련을 합니다. 수련 시간은 대략 한 시간 반 정도이고요. 저는 개풍관○이라는 합기도장을 운영하는데, 1층은 도장으로 2층은 제 자택으로 꾸렸습니다. 한참 일하던 손을 멈추고 계단을 내려가면 곧장 수련할 수 있고, 수련이 끝나고 다시 계단을 올라가면 바로 일로 돌아갈 수 있으니 아주 편합니다.

일하는 원칙이라면 이처럼 판에 박은 듯한 루틴을 지키는 것입니다. 흥에 겨워서 밤을 새워 글 쓰는 일은 하지 않습니다. 시작하는 시간도 끝나는 시간도 정해져 있습니다. 보통 오후 6시 반이 지나면 일하지 않습니다. 한 손에 와인잔을 들고 책을 읽거나 저녁을 짓거나 영화를 보고, 10시(빠를 때는 9시 반)에는 잠자리에 듭니다.

○ 凱風館. 일본어로는 '가이후우칸'으로 발음한다.

꾸준히 결과물을 내는 사람들은 대체로 이렇습니다. 일찍 자고 일찍 일어나서 매일 '판에 박은 듯한 일과'를 반복합니다. 이건 어쩔 수 없는 일입니다. 머릿속에서 일어나는 미세한 변화를 감지하려면 그 이외의 일은 가능한 한 매일 똑같이 반복하는 편이 좋으니까요. 계절 변화를 감지하는 가장 확실한 방법은 매일 똑같은 시간에 똑같은 길을 걷는 것입니다. 길거리에 싹튼 꽃, 바람에 날리는 마른 잎, 모퉁이를 돌았을 때 뺨에 느껴지는 바람의 온도 차 같은 것으로 사계의 변화를 느끼는 겁니다. 다른 조건을 모두 똑같이 해 두지 않으면 변화를 감지할 수 없습니다. 과학 실험도 똑같습니다.

칸트는 고향 쾨니히스베르크에 머물면서 매일 같은 시간에 같은 길을 산책했습니다. 근처 이웃들은 집 시계를 칸트를 보고 맞추었다고 합니다. 이는 칸트가 그만큼 정확한 사람이라서가 아니라 다른 조건을 완전히 똑같이 한 경우에 뇌에서 어떤 변화가 일어나는지를 감지하고자 궁리한 결과였을 겁니다. 칸트 정도면 뇌의 상당히 깊은 곳까지 자극될 정도로 사고했을 테고, 거기서 막 태동하는 아이디어를 포착해서 그 미약한 약동을 감지하려면 뇌로부터 일체의 잡념을 배제해야 했겠지요. 그의 루틴은 바로 이 궁리

끝에 탄생한 것입니다.

물론 루틴을 지킨다고 해서 결과물의 양이 늘어날 거라고 확신할 수는 없습니다. 하지만 무언가를 창조하거나 창작하려면 자기 안에서(뇌 또는 신체 깊은 곳에서) 일어나는 미세한 변화를 감지하는 과정이 필요하다는 것은 틀림없습니다.

2 스승의 범위

요즘은 온라인 소통이 활발해진 덕에 과거와 달리 물리적으로 대면하기 어려운 거리에 있는 사람들이 멘토와 멘티로 연결되는 경우가 적지 않습니다. 한국에서는 '랜선 선배' '온라인 멘토' 같은 말도 흔히 쓰입니다. 좋은 멘토와 멘티 혹은 스승과 제자의 바람직한 관계란 어떤 모습일까요?

멘토에는 여러 종류가 있습니다. 평생 스승으로 우러러보고 계속 그 뒤를 따르는 사람도 있고 단순히 A 지점에서 B 지점까지 이동할 때 길 안내를 한 번 해 주는 것만으로 인연이 다하는 사람도 있습니다. 예를 들면 눈앞에 넓은 강이 있는데 그 강을 건네주는 사공이 와서 "탈 겁니까?" 하고

묻고, 그 말에 배를 타고 건너편으로 가서 그와 거기서 헤어져도 그가 없었다면 건너편 강기슭으로 갈 수 없었겠지요. 그렇다면 저는 그 사공도 멘토라고 생각합니다.

강도관 유술°의 창시자인 가노 지고로嘉納治五郎가 유술을 배우려고 결심한 것은 1877년(메이지 10년), 그가 18세 때의 일이었습니다. 그런데 메이지 유신 직후 예부터 전해져 내려오던 무도의 대부분은 가르치는 사람도 배우는 사람도 없어서 전국시대 이래 전통이 소멸해 가는 상태였지요. 유술 사범들도 다들 직장을 잃고 접골 일로 생계를 유지하고 있었습니다. 가노 지고로는 접골의들을 찾아가 유술을 가르쳐 달라고 부탁했지만 어디에서도 더는 가르치지 않는다며 거절당했지요. 그러던 어느 날 야기 사다노스케八木貞之助라는 접골의를 만났습니다. 그는 자신이 이전에 텐진신요류°°를 수련했지만 지금은 유술을 가르치지 않고, 도반인 후쿠다 하치노스케福田八之助라는 사범이 아직 제자를 받고 있다고 하니 소개해 주겠다고 했습니다. 가노는 그렇게 후쿠다 사범 밑에서 텐진신요류를 배우고, 후쿠다

° 올림픽을 비롯해 모든 국제 유도대회에서 인정하는 근현대 유도의 기초.
°° 유술의 한 종류.

가 죽고 난 다음에는 같은 유파인 이소 마사토모磯正智와 다른 유파인 기도류를 수련하던 이쿠보 쓰네토시飯久保恒年 밑에서 유술을 더 배운 후 1882년에 자신의 유술장 강도관을 열었지요. 후쿠다와 이소, 이쿠보 세 명은 실제로 가노에게 유술을 가르쳤으므로 당연히 그의 멘토라고 할 수 있을 겁니다. 그런데 저는 야기 사다노스케까지 그의 멘토로 보면 좋지 않을까 생각합니다. 야기가 그와 후쿠다를 연결해 주지 않았다면 그다음으로 나아가지 못했을 테니, 그런 의미에서는 야기도 훌륭한 멘토이지요. 앞서 든 예로 말하자면 그가 '강을 건네준 뱃사공'인 겁니다.

멘토라는 존재를 너무 거창하게 생각하지 않는 게 좋습니다. '전 생애에 걸쳐 계속 존경할 수 있는 스승이 아니면 멘토라 할 수 없다'는 식으로 허들을 너무 높게 설정하면 '이 사람도 아니야. 저 사람도 안 돼' 하며 계속 배제만 하다가 누구 밑에서도 배우지 못하고 생을 마감하게 될 테니까요. 저는 멘토의 범위를 좀 더 넓게 봐도 좋다고 생각합니다. '평생의 스승'도 '강을 건네주는 뱃사공'도 포함하는 거죠.

배우려는 사람은 '오픈 마인드'여야 합니다. '자신이 설정한 엄격한 조건을 채우는 사람이 아니면 누구에게도 배우지 않겠다고 결심한 사람'과 '만나는 모든 사람으로부터 각각의 식견을 배우겠다는 사람' 중 어느 쪽이 지적으로 성숙할 기회가 많을지는 생각해 볼 필요도 없겠죠.

애당초 뭔가를 배운다고 하면 왜 그렇게 어깨에 힘이 많이 들어가는 걸까요? 예전에 한국에서 온 청년들과 환담을 나눌 기회가 있었습니다. 그때 사회를 본 박동섭 선생이 "우치다 선생님께 질문 있는 사람 있습니까?"라고 물었더니 "묻고 싶은 게 있긴 한데 여기서 선생님께 대답을 들어버리면 제 힘으로 물음과 마주할 기회를 잃어버리는 게 아닐까요?"라고 말한 청년이 있었습니다. 꽤 경직된 사고를 가진 사람이구나 하고 좀 놀랐지요. 궁금한 게 있으면 뭐든지 생각나는 대로 물어보면 되지 않습니까? 대답을 얻었다고 해서 그 대답에 붙들릴 필요도 없고요. 대답을 듣고 이 대답은 왠지 틀린 것 같다 싶으면 한 귀로 듣고 한 귀로 흘리면 됩니다. 반대로 '아 그렇구나. 그런 생각도 있구나' 하는 생각이 들면 자신의 뇌 데스크탑 어딘가에 저장해 두면 되고요. 그러다 보면 언젠가 도움이 될 수도 있고 역으로 전혀 도움이 되지 않을 수도 있을 겁니다. 도움이 될지 안 될지는 시간이 지나지 않으면 모르는 겁니다.

혹 그 청년은 누군가에게 뭔가를 묻는 걸 빚지는 일이

라고 생각했을까요? 그럴지도 모르겠군요. 컨설턴트라든지 어드바이저라든지 지금은 질문에 대답해 주는 것으로 돈 버는 걸 업으로 하는 사람이 많으니까요. 아니면 '무심코 질문하면 상대에게 돈을 내야 하는 것까지는 아니더라도 일종의 빚이 생긴다. 괜히 귀찮아지지 않게 아예 묻지 말자' 하고 생각했을까요? 그렇게 생각해도 이상할 것 없다고 생각하는 분들이 있을지도 모르지만 그건 틀린 생각입니다.

가령 질문에 대한 답을 제공하는 일을 돈벌이로 삼는 사람은 상대가 누구라도 질문이 같으면 같은 대답을 합니다. 하지만 멘토는 다릅니다. 같은 질문이라도 상대가 누구냐에 따라 대답이 달라집니다. 20년 전에 제 합기도 스승이셨던 다다 히로시 선생님을 인터뷰한 적이 있습니다. 선생님 도장 한쪽 방에서 오랫동안 이야기를 나누었지요. 인터뷰를 끝내고 선생님과 나란히 도장 문을 나서려다가 문득 "선생님, 무도에서 가장 중요한 것이 무엇입니까?" 하고 뜬금없는 질문을 드린 적이 있습니다. 그러자 선생님은 눈앞에 있는 간판을 가리키며 "이거야. 발밑을 봐, 우치다 군" 하고 답하셨습니다. 그곳에는 '각하조고'°라는 말이 쓰여 있었습니다. 굉장하다고 생각할 수밖에 없었지요. 그 짧은 순간에 제 질문을 꿰뚫어 보신 듯 딱 들어맞는 대답을 바로 해 주셨으니까요. 역시 달인은 다르구나 하며 이 이야기를 여기저기 쓰기도 하고 제자들에게 들려주기도 했습니다.

그런데 몇 년 후에, 그때 제가 도장 현관이 아니라 상점가나 역 개찰구에서 같은 질문을 했다면 선생님이 뭐라고 대답하셨을지 궁금해졌습니다. 아마 선생님이라면 '연말연시 법규 위반 단속 중'이나 '그래, 교토에 가자' 같은 포스터 문구를 가리키고도 "상황을 보는 거야, 우치다 군" 또는 "직감에 따르는 거야, 우치다 군"이라고 답해 주시지 않았을까요? 달인은 역시 뭐가 달라도 다른 것이지요. 다다 선생님의 대답은 컨설턴트와 어드바이저가 기계적으로 출력하는 '정해진 대답'과는 완전히 다른 것이었습니다. 그 찰나에 그 장場에서 그 사람을 향해서만 나올 수 있는 유일무이한 대답이었던 거죠.

다른 사람에게 뭔가를 묻는 것은 본래 이런 경험을 바라서 하는 행위라고 생각합니다. 그러니 다른 사람에게 무

○ 脚下照顧. 자기 발밑을 잘 비추어 돌이켜 보라는 뜻으로, 사찰의 현관이나 섬돌 앞에 '신발을 가지런히 벗어 두라'는 의미로 써 놓는다. 일반적으로는 남의 허물을 탓하기 전에 자신을 돌아보라는 의미다.

심코 질문을 해 대답을 얻었다고 해서 자신의 성장이 멈추는 것은 아닌가 하고 걱정할 필요는 없습니다.

3 제자와 조술자

선생님께서는 일찌감치 독립 연구자로 살아오신 것 같지만 선생 혹은 스승이 필요하고 중요하다는 생각도 오랫동안 가지고 계셨던 것 같습니다. 자기 나름의 길을 찾고, 자기 나름의 배움을 얻고자 하는 사람들에게 스승이 정말 필요하고 중요한 존재일까요?

동아시아에서는(한국뿐 아니라 중국, 일본에서도) 전통적으로 '자기 나름의 배움의 길'이라는 것을 찾지 않았습니다. 『논어』에는 술이부작述而不作, 즉 나는 새로 짓지 않고 전달할 뿐이라는 말이 있지요. 공자는 자신이 설파한 것은 자신의 독창적인 사상이 아니라 모두 선현의 가르침을 '조술'祖

述한 것에 불과하다고 거듭 이야기했습니다. 참으로 역설적인 말인데요, 이는 공자가 '조술자'라는 위치에 몸과 마음을 두는 것이 창조적으로 사고하는 데 굉장히 유효하다는 것을 경험적으로 알고 있었기 때문입니다. 공자는 독창적인 사상가였지만 그가 그만큼 자유자재로 독창적일 수 있었던 것은 한걸음 뒤로 물러나 '나는 조술자에 불과하다'는 위치를 택했기 때문입니다.

좀 어려운 논리일지 모르지만 '조술자' 혹은 '제자'라는 위치의 이점은 자신이 잘 이해하지 못한 것에 관해서도 이야기할 수 있다는 데 있습니다. 가령 1부터 10까지 전부 자신이 손수 만든 사상만 이야기하는 완전히 독창적인 사상가가 있다고 합시다. (있을 수 없겠지만요.) 그 사람은 자신이 쓰거나 말한 것에 관해 100퍼센트 이해하고 있을 겁니다. 자신이 만든 거니 당연히 그렇겠죠. 그런데 만약 제게 누군가가 "당신이 100퍼센트 이해하고 있는 것만 말하라"라고 하면 저는 기가 막혀 한마디도 하지 못할 겁니다.

우선 제가 사용하는 언어부터 독창적인 것이 아니니까요. 우리는 대개 각자의 모어로 사고하고 표현하죠. 이때 자신이 사용하는 언어의 의미와 뉘앙스를 하나하나, 100퍼센트 이해하고 있다고 말할 수 있을까요? 저는 그럴 수 없습니다. 우리는 그저 모어라는 끝을 알 수 없는 '아카이브'(저장소)에서 자신이 사용할 말을 자신이 가진 작은 그릇으로 퍼내고 있는 것일 뿐이니까요. 그것은 애당초 '타자의 말'입니다. 우리는 어떤 말이 어떻게 지금의 의미로 사용되게 되었는지 모르고, 어떤 말이 왜 이런 발음을 갖게 되었는지도 모릅니다. 사용하는 말 자체도 100퍼센트 이해할 수 없는데 그것을 사용해 구축한 아이디어와 감정을 자신이 100퍼센트 이해하고 있다고 말할 수 있을까요?

실제로 우리는 자기 생각을 과하지도 부족하지도 않게 표현하는 경험보다는 신중하게 말하고 나서도 '말이 좀 지나쳤나' 혹은 '안타깝게도 제대로 표현이 안 됐다' 하는 상황에 더 자주 놓입니다. '나는 오늘 내 생각을 과하지도 부족하지도 않게 표현했다' 하는 날은 생각보다 드뭅니다. 그렇다면 말이 지나쳤을 경우에 거기 더해진 것은 대체 누구의 것일까요? 왜 내가 생각지도 못했던 어휘가 내 말 속에 섞여 들어온 걸까요? 그 말은 어디에서 유래한 걸까요?

그건 아마도 내가 어떤 아이디어와 감정을 표현하고자 '모어의 저장소'에서 알맞은 말을 길어 올릴 때 어쩌다 함께 따라 나온 것일 겁니다. 이런 일은 생각보다 자주, 필연적으로 일어나지요. 그러다 보니 그런 '불순물'이 모두 제거

된 '나만의 독창적인 사상과 언어' 같은 것은 존재할 수 없습니다. 그렇다고 하면 처음부터 이렇게 선언하는 것이 깔끔하지 않을까요?

"내가 지금부터 말하는 것에는 '나의 독창적인 것이 아닌 것'이 여럿 붙어 있습니다. 어디에서 어디까지가 '온전한 나의 것'이고 어느 것이 '빌려 온 것'인지 저도 잘 모르겠습니다. 그러니 내 말의 꽤 많은 부분이 '누군가가 지금까지 생각하거나 말한 것'을 빌려 와서 사용하는 것이라고 생각해 주세요."

저는 아예 처음부터 이렇게 생각하며 글을 씁니다. 이렇게 해야 자유롭게 이것저것 생각하고 표현할 수 있습니다. 저는 철저하게 실리적인 사람이라서 '독창적인 것'에 구애받기보다 '조술자'로 밀고 나갈 때 독창적일 기회가 더 있다고 하면(실제로 그렇습니다) 조술자로 밀고 나가는 편을 택할 겁니다.

스승을 따르고 배운다는 것은 이 조술자의 위치에 서는 것입니다. 조술자라는 위치의 최대 이점은 앞에서 말한 대로 자신이 잘 모르는 것에 관해서도 논할 수 있다는 것입니다. "나는 잘 이해하지 못하지만 나의 스승은 이렇게 말씀하셨습니다. 아무리 생각해도 정확한 의미를 모르겠습니다. 이건 어떤 의미일까요?"와 같은 물음을 둘러싸고 논문 한 편을 쓸 수도 있습니다. 자신의 독창적인 아이디어만을 말하는 독학자라면 절대 할 수 없는 일이겠지요. "내가 이전에 이런 말을 했는데 아무리 생각해도 정확한 의미를 모르겠다. 나는 도대체 무엇을 생각한 걸까?"와 같은 글을 쓰면 주변으로부터 이상한 사람 취급을 받을 테니까요.

하지만 조술자는 얼마든지 그럴 수 있습니다. 정말 큰 이점이죠. '내 스승의 말 가운데는 내가 잘 이해할 수 없는 것이 있다. 잘 모르지만 그래도 조금은 안다' 하며 자신이 가진 단편적인 아이디어에 관해 논문 한 편, 책 한 권을 쓰며 사유에 사유를 거듭하는 것이 제자와 조술자에게는 언제나 허용됩니다. 어찌 됐든 그런 결과물에는 스승은 제자와 조술자를 압도하는 학지學知의 소유주라는 전제가 깔려 있으니까요.

저는 레비나스에 관해서 세 권의 연구서를 썼지만(세 권 모두 박동섭 선생이 한국어로 번역해 주었습니다) 세 권 모두 '앎이 조금 진행된 것'만을 소재로 해서 썼습니다. 이것은 제가 레비나스 '연구자'가 아닌 레비나스의 '제자'이기 때문에 가능한 일이라고 생각합니다. '레비나스 연구자'였다면 '잘 모르는 것'에 관해 논문을 쓰는 일은 허용되지 않습니다. 연구자는 '이해한 것'만으로 논문을 써야 하니까요. 이것은 꽤 부자유스러운 일이고 레비나스와 같은 거대한 사상가와 마주할 때의 태도로는 별로 좋지 않습니다.

'그 사람의 말이 나에게 '이해하라'고 바라는 느낌이 들지만 아무래도 이해할 수가 없다.' 이런 불능이 곧 제 학지의 한계입니다. 그리고 자신의 한계를 아는 것이 적어도 "나는 이것도 알고 있고 저것도 알고 있다"라고 아는 것을 열거하는 것보다는 자기 자신의 지적 성장에 도움이 됩니다. 그리고 아마도 제가 속한 집단 전체의 지적 성장에도 도움이 될 겁니다. 지적 성장이라는 것은 '자신이 무엇을 모르는가에 관한 앎'에서부터 시작되기 때문입니다.

이건 제가 집단 지성의 최전선에 서 있다고 으스대려고 하는 말이 아닙니다. 만약 저와 같은 시대를 살고 있는 누군가가 나타나서 "우치다 군, 자네 잘 모르는 거 같은데 그건 사실 이런 거야" 하고 제가 몰랐던 것을 가르쳐 주면 저는 기꺼이 그의 손을 맞잡을 겁니다. 그럼 '우리의 앎의 경계'가 미개척지를 향해 확장될 테니까요. 제게는 제 일이 있고, 다른 사람에게는 그 사람의 일이 있습니다. 우리가 집단을 이루어 그것을 통합한 것이 '우리의 지적 자산'이 됩니다. 우리는 그런 공동 작업을 하고 있는 겁니다. 우리는 모두 각자의 자리에서 그런 일을 하고 있고 해 나가야 합니다.

여러분도 아시다시피 저는 무도가이기도 합니다. 저의 합기도 스승인 다다 히로시는 달인입니다. 저는 물론 선생님의 경지에는 한참 미치지 못합니다. 그런데 제자이기에 이렇게 말할 수 있습니다.

"제 스승은 이런 초인적인 기예를 갖추고 계셨습니다. 제게는 그런 기예가 없지만 이런 수련을 하면 이 기예를 익힐 수 있다고 말씀하셨습니다. 저 또한 오랫동안 수련했지만 그 기예를 익히지 못했습니다. 하지만 선생님께서 '이렇게 수련해라' 하며 전하신 말씀을 여러분께 전할 수는 있습니다. 부디 여러분은 선생님의 가르침을 지키고 수련해 주십시오."

만약 제가 어떤 무도의 창시자였고, 저의 독창적인 기술을 가르치는 입장이었다면 이렇게 말할 수 없었을 겁니다. 제가 가르치는 것을 전부 제가 할 수 있어야 했겠지요. "자 봐, 이렇게 하는 거야" 하고 제시하지 못하는 것은 가르칠 수 없습니다. 그런데 저는 합기도의 창시자가 아니라 '제자'이므로 제가 할 수 없는 것에 대해 말하고 또 가르칠 수 있습니다. 이렇게 우직하게 선생님의 가르침을 전하다 보면 제 제자와 그의 제자, 그 제자의 제자 가운데서 누군가 탁월한 재능을 가진 사람이 나타나 어느 날 '아, 됐다!' 하고 말하게 되겠지요. 몇 대에 걸쳐 '못 이룬 제자'들이 묵묵히 연결한 통로를 통해 어느 날 선현의 기예와 예지가 눈에 보이는 형태로 나타나 열매를 맺는 일이 생길지도 모릅니다. 제자와 조술자의 이점은 이렇게 '자신의 기량과 재능을 넘어서는 학지와 기예를 후세에 전할 수 있다는 것'에도 있습니다.

이 정도 설명하면 '선생 혹은 스승을 따르고 배우는 것'과 '제자와 조술자의 위치에 서는 것'의 의미를 이해하실 거라 생각합니다. 실은 이런 것이 동아시아의 전통적인 교육관입니다. 한국에서도 오랫동안 이런 생각이 주류였습니다.

하지만 언젠가부터 사람들은 이런 방식에는 눈길도 주지 않고 '자기 나름의 배움의 길'을 찾고 있습니다. 그런데 조금 생각해 보면 알 수 있을 겁니다. '자기 나름의 배움의 길' 같은 것은 존재하지 않는다는 것을요. 가능한 한 많은 선현을 만나서 배울 수 있는 한 많은 것을 배우는 것. 그것이 '배움의 옳은 길'입니다. 과연 '자기 나름의 배움의 길' 같은 것이 있을 수 있을까요?

설령 누구도 만나지 않고 누구의 책도 읽지 않고 누구의 이야기에도 귀를 기울이지 않고 단지 혼자서 침묵하며 사고해 자신을 형성해 온 사람이라면 "나는 내 나름의 배움의 길을 걸어 왔다"라고 할 수 있을지도 모르지요. 하지만 과연 그 사람이 가르치는 학지에 보편성이 있을까요?

20세기 오스트리아의 과학철학자 칼 포퍼는 『열린사회와 그 적들』[1]에서 '과학자란 어떤 존재인가'에 관해 알기 쉬운 예를 들어 설명했습니다. 외딴 섬에 표류한 로빈슨 크루소가 연구실을 짓고 거기서 정밀한 관찰과 분석을 하여 학술 논문을 썼다고 합시다. 그 내용은 그 시점의 자연과학의 도달점과 딱 일치하는 것이었습니다. 로빈슨은 틀림없이 '자기 나름의 배움의 길'을 걸었습니다. 한데 그를 과연 '과학자'라고 할 수 있을까요?

포퍼는 그럴 수 없다고 말합니다. 로빈슨의 과학에는 '과학적 방법'이 결여되어 있기 때문입니다. "그의 성과는 음미할 이가 그 이외에 없고, 그 개인의 심성사心性史의 불가피한 귀결인 이런저런 편견을 정정할 수 있는 이가 그 이외에는 없기" 때문입니다. 포퍼는 과학자이기 위한 조건을 이렇게 규정합니다. "진정한 커뮤니케이션 수련은 자기 일을 그 일을 해 본 적 없는 사람에게 설명할 때 비로소 할 수 있고, 이 수련 또한 과학적 방법의 구성 요소다."

포퍼가 로빈슨을 과학자가 아니라고 판단한 것은 로빈슨의 연구 결과가 틀렸기 때문이 아닙니다. (연구 결과는 실제로 옳았습니다.) 어떤 언명이 과학자의 것인지 아닌지는 그 언명이 참인지 거짓인지가 아니라 공공적인지 아닌지에 따라 정해지기 때문입니다. "내가 말하는 것은 진리다. 반대하는 사람이 있더라도 내 언명의 진리성은 흔들리지 않는다"라고 주장하는 사람이 하는 말은 (그것이 설령 참이라고 해도) 과학적이지 않습니다. 반면 "내 가설은 틀렸을지도 모른다. 이에 대한 사후 감정을 기다린다"라고 말하는 이의 언명은 (설령 틀렸다고 해도) 과학적입니다.

과학의 객관성을 담보하는 것은 그것이 공공의 장에 나와서 자유로운 검토 과정을 거치는 것입니다. 과학은 어떤 과학자가 제시한 가설이 반증 사례로 뒤엎어지고 그 반증 사례까지 설명할 수 있는 보다 포괄적인 가설이 제시되는 과정을 거쳐 진보합니다. 모든 과학적 가설은 '반증 가능'한 것이기 때문이지요.

반증 가능하다는 말을 비유적으로 표현하면 '비교적 구멍투성이'라는 말이기도 합니다. 자연과학이 상대하는 것은 자연입니다. 자연은 다 퍼 올릴 수가 없습니다. 제자와 조술자가 상대하는 것은 '스승'입니다. 스승 또한 다 퍼올리지 못할 지적 경지입니다. 그러므로 제자와 조술자가 스승의 학지에 관해 한 말들은 모두 '구멍투성이'입니다. 모든 말이 반증 가능합니다. 이 '개방성'으로 인해 제자와 조술자는 '과학자'일 수 있습니다.

'자기 나름의 배움의 길'이라는 말에 탁 걸려 이야기가 꽤 길어졌네요. 어쩌면 지금 한국 사회 젊은이들 사이에는 이런 '독창성에 대한 집착'이 퍼져 있을지 모르겠습니다. 저는 '오리지널리티', 즉 자기 나름의 길이건 독창성이건 없어도 좋다고 말씀드리고 싶습니다. 오리지널리티란 시간이 충분히 지나고 "그 사람 정말 독창적이었어"라는 말을 들을 때쯤에 비로소 있었는지 없었는지 알 수 있게 되는 것이지, 사전에 어깨에 힘을 팍 주고 "자 세상으로부터 '독창적인 사람'이라고 말을 듣도록 이것저것 해 봐야지" 한다고 해서 생기는 것이 아니니까요.

4 전도자의 역할

합기도 수련을 오래 해 오신 만큼 선생님께서는
훌륭한 합기도 제자를 많이 배출하신 것으로 알고
있습니다. 반면에 선생님의 학통學統을 이어받은
학문상의 제자를 언급하신 적은 거의 없는데요,
일본에서 '우치다 다쓰루의 철학'을 가르치고
전도하고 실천하는 제자들의 사례가 있다면, 그분들
이야기가 궁금합니다. 서양 철학자들, 예를 들면
칸트·비트겐슈타인·헤겔의 사상적 전통을 이어받은
이른바 칸트파·비트겐슈타인파·헤겔파 철학이
존재하는 것처럼 선생님의 사상적 전통을 이어받은
'우치다 다쓰루파 철학자'들이 있을까요?

재미난 질문이지만 안타깝게도 제게 학문상의 제자는 없습니다. 혹 제가 모르는 곳에 '자칭 우치다파' '자칭 우치다주의자'가 있을지는 모르겠지만 만난 적은 없고요. '자칭 제자'로서 제 책을 한국어로 번역하고 『우치다 다쓰루』라는 우치다 다쓰루론을 쓴 박동섭 선생이 계시기는 하지요. 박 선생은 제 학술 저작을 전부 다 읽고 그것을 전도해 주고 있으니, 아마 있다면 박 선생이 제 유일한 학문상의 제자가 아닐까 생각합니다. 그런데 박 선생은 제가 '키운' 것이 아니라 당신 스스로 자학자습한 분이라 엄밀하게 말하자면 '제자'는 아니지요. 한 명밖에 없으므로 '파'가 만들어질 리도 없고요.

물론 일본에 제 책을 읽고 제 생각에 공명하는 이들이 있기는 합니다. 특히 교육 분야에는 적지 않습니다. 그런데 이분들은 어디까지나 제 생각에 공명하는 것이지 제 학통을 잇고 제 학술 방식을 답습하는 것은 아닙니다. 각자의 분야에서 제가 쓴 책을 참고할 뿐이라서 그분들도 엄밀하게는 제자가 아닙니다.

제 철학상 스승은 프랑스의 철학자 에마누엘 레비나스입니다. 그런데 저는 레비나스 철학을 대학에서 강의하기는커녕 수업 교재로 사용한 적도 없습니다. 대학생에게는 너무 어려운 이야기니까요. 그런데 레비나스 철학의 전도자 일은 열심히 해 왔습니다. 선생의 책을 많이 읽고 번역하고 논문을 쓰고 해설서도 펴냈지요. 제가 한 일을 통해서 레비나스란 이름을 알았다는 분이 일본에는 적지 않다고 생각합니다. 그분들 가운데 '그럼 나도 이 레비나스를 원서로 한 번 읽어 볼까?' 하며 철학 연구를 시작한 사람도 있을 거고요. 그분들의 얼굴도, 이름도 모르는 제가 그분들을 제자라고 부를 수는 없겠지만 그분들에게 전도자 역할은 다 했다고 생각합니다.

II 배움의 밑천

5 무방비 독서

선생님의 유년시절, 학창시절 이야기를 읽어 보면 섭렵할 만한 문화나 지식이 풍부하지는 않았던 것 같지만 그랬던 덕분에 외려 선생님께서 처음 접하는 지식, 호기심 가질 만한 학문, 새로운 문화를 맞닥뜨리셨을 때 그것들을 스펀지처럼 빨아들이면서 관심사를 확장시키고 공부해 오실 수 있었겠단 생각이 들기도 합니다. 반면 지금은 관심만 가지면 얻을 수 있는 지식이 도처에 너무 많습니다. 어쩌면 지금 젊은 세대는 이 중에 대체 뭘 보고 습득해야 하는지, 무엇부터 빨아들여야 하는지, 자기 관심사나 자신에게 맞는 것이 무엇인지 찾고 고르기 어려워하고 있을지도 모르겠습니다. 말 그대로 콘텐츠가 넘치는 지금 같은 세상에서는 어떤 방식으로 지식과 문화를 받아들이고

자신의 관심사, 공부거리를 찾아야 할까요?

제가 젊었을 때를 돌아보면, 지식에는 두 종류가 있다는 느낌이 듭니다. 하나는 말 그대로의 지식, 또 하나는 지식에 관한 지식입니다. 이런 설명으로는 좀 알기 어렵죠. 저의 경우 고등학교에 입학해서 어른스러운 상급생들에게 둘러싸여 지내며 가장 당혹스럽게 깨달은 것이 '내게 지식이 없다, 부족하다'는 것보다도 '나 스스로 내게 어떤 지식이 결여되어 있는지를 모른다'는 것이었습니다.

이때의 일에 관해서는 일전에 일본에서 『아웃사이더』[2]라는 책의 문고판이 나왔을 때 작품해설을 쓰며 언급한 적이 있습니다. 꼭 번역해야 할 책이었지요. 그 이야기를 가져와 보겠습니다.

> 『아웃사이더』를 처음 읽은 건 1966년 가을이었다. 그때의 일을 반세기 가까이 지난 지금도 확실히 기억한다. 이 책에 이끌려 나는 지적 성숙의 계단 하나를 올라갈 수 있었다. 그 이야기를 해 보자. 그해 나는 도쿄대학을 비롯한 이른바 일류대학으로의 진학률이 높은 도쿄도립히비야

고등학교에 입학했고, 건방이 하늘을 찌르는 '엘리트 고등학교' 잡지 클럽의 1학년 학생이 되었다. 상급생들은 헤겔·마르크스·프로이트·사르트르 같은 이름을 마치 옆 반 친구 이야기하듯 친근하게 입에 담았다. 나는 거기서 언급되는 인물들에 관해 거의 인명사전에서 얻을 수 있는 수준의 지식만 가지고 있었을 뿐 그들의 책을 실제로 읽어 본 적이 없었다. 하물며 대화 속에서 책 속 한 구절을 적절한 타이밍에 인용하는 지적 곡예를 구사하는 일은 내게 꿈 같은 일이었다. 이 어마어마한 지적 뒤처짐을 어떻게 극복하면 좋을까? 15세의 나는 그 방법을 모른 채 멍하니 있었다. 바로 옆에서 이어지는 구름 위를 오가는 듯한 지적 대화를 들으며 지금까지의 나의 독서가 지적 성숙과는 전혀 인연이 없었구나 하고 깊이 한탄할 뿐이었다.

나는 우선 상급생들의 대화에 등장하는 어려운 말 중 언급 빈도가 높았던 '변증법'의 의미부터 생각해 보고자 『변증법 십강』辨證法十講이라는 문고판을 사 보았다. 읽고 나니 변증법의 사전적 정의는 알 수 있었지만 그렇다고 그 말을 어떻게 사용하면 좋을지는 여전히 알 수 없었다. 이어서 카를 마르크스의 『공산당선언』과 장 폴 사르트르의 『실존주의란 무엇인가』까지 사서 읽었다. 역시 꾸역꾸역

끝까지 읽어 봐도 저자가 무엇을 말하고 싶은지 제대로 알 수 없었다. "유럽에 유령이 나온다. 공산주의라는 유령이다"라는 갑작스러운 문장을 접하면 그저 곤혹스러울 뿐이었다. 유럽에는 가 본 적도 없고, 공산주의는 소련과 중국의 국시國是라고 들었는데, 그것이 왜 유럽에서 유령이 되었는지 도무지 이해할 수 없었다. 이들이 누구를 상대로 이토록 분노하고 있는지도 몰랐다.

책 몇 권을 읽으면 선배들이 무슨 이야기를 하는지 알게 되리라 생각했지만 그 기대와 달리 지식을 익히기는커녕 책을 읽으면 읽을수록 모르는 책 제목·사람 이름 목록만 늘어 갔다. '이래서는 도저히 상급생을 따라잡을 수 없다. 내가 무엇을 알고 무엇을 모르는지에 관한 조감도를 손에 넣지 않으면 안 된다. 어떻게 해야 할까? 수험생에게 주어지듯 '출제 범위' 같은 것이 확정되고, 그걸 기반으로 빈칸을 하나씩 채워 나가듯 암기하는 것이라면 가능할 것도 같은데……' 가련한 이야기지만 15세의 나는 그런 공부법밖에 몰랐다. 그래서 철학을 마주했을 때도 그런 방법밖에 떠오르지 않았다.

문제는 '현대철학의 출제 범위'라든가 '현대철학의 학습요령'처럼 '철학에 관한 문제(주제)는 대체로 여기서 출제

된다' 같은 큰 틀을 제시해 주는 정보는 어디에서도 찾을 수가 없었다는 거다. 그런 정보는 어디 가면 손에 넣을 수 있을까?

여기까지가 작품해설의 일부이고, 이후에는 제가 우연히 서점에서 『아웃사이더』 원서를 발견해 읽고, 이 책이 매우 잘 만들어진 '현대철학의 조감도'임을 알고 너무 좋아서 기뻐 날뛰었다는 내용이 이어집니다. 『아웃사이더』는 정말로 잘 만들어진 '지도'였습니다. 그 책을 기반으로 저는 군더더기 없는 독서 계획을 세우고, 계획을 착착 실행해서 고등학교 2학년이 될 무렵에는 아직 읽지 않은 책에 관해서도 아는 듯한 표정을 하고 말하는 경지에 이르렀습니다.

15세의 저는 '나는 내가 무엇을 모르는지 모른다'는 사실 때문에 초조했습니다. '내 무지를 가시화해 주는 지도가 있다면 앞으로 어떤 책을 어떤 순서로 읽어 나가면 되는지 이정표를 만들 수 있고, 그렇게만 되면 그때부터는 수험 공부와 똑같다'고 생각했지요. 수험 공부라면 자랑은 아니지만 자신 있었고요. 지금 돌이켜 보면 아주 얕은 생각이었지만 자신의 무지를 가시화하는 것이 지적 성장의 최우선 과제라는 것을 자각한 것은 나쁘지 않았다고 생각합니다.

이후로도 저는 계속해서 그 '지도'를 따라가는 독서를 계속했는데 어느 순간부터는 '가시화된 무지'라는 건 '진정한 무지'와는 또 다른 개념이 아닐까?' 하는 새로운 고민에 빠져들었습니다. '나는 내가 무엇을 모르는지 알고 있다'와 같은 마음으로 책을 펼치는 것은 책을 얕잡아 보는 태도, 즉 '거기에 무엇이 쓰여 있는지 대체로 예상된다'는 마음으로 책을 읽는다는 의미입니다. '무엇이 쓰여 있는지 예상된다'는 마음으로 책을 읽기 시작하면 자신이 잘 모르는 것이 쓰여 있는 경우 무의식중에 '건너뛰는 읽기'를 하게 됩니다. '아마 이런 것이 쓰여 있겠지' 하며 기대한 것만 선택적으로 읽고 그렇게 얻은 것만 자기 뇌 '앎의 저장소 자산 목록'에 등록하고, 쓰여 있으리라 예상하지 못한 것은 (귀찮으니) 건너뛰는 식의 읽기를 하는 것이지요. 이런 읽기를 과연 독서라고 불러도 될까요? 아니요. 그런 건 독서가 아닙니다.

이런 깨달음을 얻은 건 대학원에서 모리스 블랑쇼에 관한 석사 논문을 준비하며 참고문헌으로 에마누엘 레비나스의 『곤란한 자유』Difficile Liberté를 읽으면서였습니다. 레비나스는 당시 제 손에 있는 '지도'에서는 이름을 찾아볼 수 없는 철학자였습니다. 대체 어떤 계보의 학자이고, 지금 어떤 평가를 받고 있으며 철학사적으로는 얼마나 중요한 인물인지 아무런 정보가 없었습니다. 책 속에 무엇이 쓰여 있는지 전혀 예측할 수 없는 상태로 읽어 내려갈 수밖에 없었지요. 그렇게 고작 몇 페이지를 읽고 나서 저는 아연실색하고 하늘을 쳐다보았습니다. 한마디도 이해할 수 없었기 때문입니다. 그런데 이해할 수 없었음에도 제가 이 책의 독자라는 느낌은 받을 수 있었습니다.

레비나스라는 철학자는 저를 향해 제가 전혀 이해할 수 없는 언어로 말을 걸었습니다. 그것도 아주 진지하게 말이지요. '메시지의 콘텐츠'와 '메시지의 수신처'는 다른 차원으로 생각해야 합니다. 콘텐츠를 이해하지 못해도 자신이 수신처인지 아닌지는 알 수 있거든요. 제게는 『곤란한 자유』가 그런 책이었습니다. 내용은 하나도 이해할 수 없었지만 수신자가 저라는 건 확실히 알 수 있는 책이었습니다. 그런 책을 만나고 읽는 일이라니, 태어나 처음 하는 경험이었지요. 즐거웠습니다. 책을 앞에 두고 저는 앞으로 어떻게 해야 할지를 생각했습니다. 그리고 이해할 수는 없지만 어찌 됐든 끝까지 읽자고 결심했습니다. 진심으로 '이 책을 읽을 수 있는 사람'이 되고 싶었습니다. 다 읽는 데까지는 아마도 한 달 정도 걸렸던 것 같습니다.

이전까지 저는 어려운 철학책을 많이 만났습니다. 그런 책을 만날 때마다 '무척 어렵구나' 생각하면서도 언젠가 프랑스어를 지금보다 더 잘하게 되면 읽을 수 있을 것이고 지식이 늘면 이해할 수 있으리라며 책을 얕잡아 보았습니다. 그런데 레비나스는 달랐습니다. 제가 레비나스를 이해할 수 없었던 것은 프랑스어 독해 능력과 철학(사)적 지식이 부족했기 때문이 아니라 인간으로서 미숙했기 때문이란 걸 직감적으로 알 수 있었습니다. "레비나스 같은 어른'이 되지 않으면 이 책은 이해할 수 없다. '현대철학의 조감도'를 한 손에 들고 건너뛰는 읽기를 막무가내로 하고 '앎의 자산 목록'을 늘이는 독서를 하는 한 절대로 이해할 수 없을 것이다' 하는 인상을 받았던 것이지요.

이 경험을 하고 난 뒤로 책 읽는 방법이 바뀌었습니다. 어렸을 때는 '난독'亂讀, 즉 손에 잡히는 대로 이것저것 마구 읽었습니다. 고등학생 때부터는 지도를 만들어 지도 속의 빈칸을 메우는 방식으로 '체계적 독서'를 했지요. 대학원에서 레비나스 선생님을 만나고 나서부터는 그때까지와는 전혀 다른 독서를 하게 되었습니다. 완전히 무방비 상태로 읽기. 저자를 가상의 멘토로 삼고 읽어 나가기. 내가 이해할 수 있고, 공감할 수 있는 것이 아니라 내가 모르는 것, 나의 생각과는 다른 것을 마크하면서 읽기. 그리고 '왜, 어떤 근거로, 어떤 추론을 거쳐 저자가 이런 식견에 이르게 되었는지'를 물으면서 읽게 되었습니다. 이런 '무방비innocent 독서'를 지금까지 40년 정도 즐겁게 이어오고 있습니다.

'콘텐츠가 넘치는 지금 같은 세상에서 어떤 방식으로 지식과 문화를 받아들이고 자신의 관심사와 공부거리를 찾아야 할까요?'라고 질문했었지요? 그게 책이든 인터넷 속 정보든, 지식을 마주하는 자세는 위의 세 단계를 거칠 것이라 생각합니다.

독서에는 세 단계가 있지요. 난독→체계적 독서→자신을 내려놓는 독서, 즉 무방비 독서. 무방비 독서는 난독과 비슷한 면이 있지만 체계적 독서 단계를 거치고 나면 읽을 가치 있는 책과 읽을 가치 없는 책을 구별할 만큼의 안목은 생깁니다. 그 덕에 난독이 되지는 않습니다.

독서에 대한 이야기는 이후에 조금 더 할 기회가 있을 겁니다.

6 지적 폐활량

선생님의 자서전이라 볼 수 있는 『어떻게든 되겠지』[3]를 재미있게 읽었습니다. 그 책에서 선생님은 번역 회사 어반 트랜스레이션에서 일하실 때 애플1이 처음 출시되고, 1970년대 중반부터는 사무실이 엄청난 기세로 자동화되기 시작했다고 하셨지요. 그러면서 번역이란 일에 한계를 느끼기 시작하셨다고요. 기술은 이후로도 계속 발전했고, 이제 읽기나 쓰기 일부를 대신해 주는 생성형 인공지능이 개발·사용되기에 이르렀습니다. 그렇잖아도 요즘 젊은 세대 대다수가 글 읽기, 특히 긴 글 읽기를 어려워한다고 하는데, 이런 읽기·쓰기를 돕는 기술을 어떻게 받아들이면 좋을까요?

꽤 구체적인 질문이네요. 한데 이 질문은 '지금 같은 시대에 젊은 세대가 읽고 쓰는 기술을 개발하려면 어떤 과제를 수행해야 하는가'로 바꾸어 답해 보고자 합니다

읽는 힘이란 '공중에 매달릴 수 있는 능력'(결정짓지 않고 기다릴 수 있는 능력, 영어로는 'pending')을 의미합니다. 어려운 말일 수 있지만, 이는 일의적一義的으로 정의되어 있지 않은 개념을 포함하는 논고를 계속 읽을 수 있는 힘을 뜻하고, 다른 말로 '지적 폐활량'이라고 해도 좋겠습니다. 지적 폐활량이 풍부하면 '미결정', 즉 아직 결정되지 않은 상태를 견디면서 계속 앞으로 나아갈 수 있습니다.

그런데 이 '폐활량'이 적은 사람이 있습니다. 그런 사람은 글을 읽다가 이내 한숨 돌려야 하는 상황에 이르지요. 모르는 채 계속 읽기는 고통이므로 읽고 있는 책 내용 가운데 자신이 알 수 있는 것을 찾아서 그것에 매달립니다. 그것만 '골라서 집어 먹습니다.' 그리고 이 책에는 이런 이야기가 쓰여 있다고, 자신이 골라 이해한 대로 책을 간단히 요약해 버립니다. 그런 사람들이 주로 저작과 작품에 관해 쉽게 "그 책은 아직 멀었다"라거나 "그 작가는 천재다" 같은 단정적인 말을 합니다. 그런데 그 사람이 그 책에 대해 내린 평은 그 사람이 아는 것, 알았던 것에 한정된 것입니

다. 그 사람이 알지 못했던 것, 읽고도 알지 못한 것은 애당초 존재하지 않는 것이 되어 버리죠.

예전에 어떤 문학상을 선고選考하는 편집자로부터 이런 이야기를 들은 적이 있습니다. 응모가 마감되면 일단 편집자들이 수백 권의 응모작을 전부 읽고, 거기서 후보작 몇 편을 골라서 심사위원회에 최종 결정을 맡기는 식으로 수상작을 뽑는다고요. 그 편집자가 말하기를, 한 젊은 편집자가 어떤 작품에 평가 점수를 낮게 매겨서 이유를 물어보니 등장 인물에게 공감할 수가 없었기 때문이라는 답이 돌아왔다고 합니다. 질문을 던진 편집자는 자신이 공감할 수 있는 인물이 나오지 않는다고 해서 그 소설을 '질이 나쁘다'고 말하는 것은 대체 어떤 문학적 감수성이냐고 화를 냈습니다. 그거야 그렇지요. 등장 인물에게 공감할 수 있느냐 없느냐를 기준으로 책의 좋고 나쁨을 정해 버리면 도스토옙스키의 작품 같은 것은 아무도 읽지 않을 테니까요.

'공감 베이스'는 달리 말하면 자신이 아는 것, 자신이 좋아하는 것에는 가치가 있고 그렇지 않은 것은 무가치한 것으로 보는 오만함을 의미합니다. 그 젊은 편집자는 미지의 것에 대해 경의도 호기심도 없었던 것이지요. 만약 이런 경향이 젊은 세대의 지배적인 생각으로 자리 잡으면 그건 집단의 지적 능력 쇠퇴로 이어질 겁니다.

한편 쓰는 힘을 갖춘다는 것은 자신의 '보이스'voice를 갖는다는 의미입니다. 좀 낯선 단어지만 제가 말하는 '보이스'는 자기 생각과 감정을 명확하게 표현해서 상대에게 전달할 수 있는 문체라는 뜻이 아닙니다. 생각과 감정을 그것이 발생한 시점의 '성운 상태'로 포착할 수 있는 목소리이지요. 그래서 자신의 보이스를 가진 사람은 때때로 중얼거리기도 하고 그러다 잠시 멈추기도 하고 말을 바꾸거나 더듬거나 이미 뱉은 말을 철회할 수도 있습니다.

놀라도 괜찮고, 말이 나오지 않아도 괜찮고, 한번 입 밖으로 내뱉은 말을 취소할 수도 있다는 것이 자기 보이스를 갖춘 사람이 얻는 최대 이점입니다. 저는 이런 식으로 말을 구사하는 사람이 되고 싶습니다. '논리적으로 일관적일 것' '정치적으로 옳을 것' '기승전결 구조를 제대로 지킬 것' 같은 제약이 있으면 언어활동이 얼마나 자유롭지 못할까요. 저는 자유자재하게 쓰고 싶습니다.

제가 운영하는 개풍관 도장 벽에는 제 스승의 손 글씨 액자가 하나 걸려 있습니다. 거기에는 '풍운자재'風雲自在라는 네 글자가 쓰여 있는데, 저는 이를 제 마음대로 '바람과 구름에 올라타서 자유자재를 얻는다'라고 해석합니다. '풍운'이라는 것은 예를 들면 지금 제가 하고 있는 것처럼 '질문을 받고 거기에 답한다'는 설정을 의미합니다. 질문은 외부, 제가 모르는 곳으로부터 저에게로 전달되지요.

그것은 '장場의 기상氣象'을 결정합니다. 비가 온다거나 바람이 부는 것과 같은 거죠. 기후는 개인이 통제할 수 없습니다. 저는 그저 질문에 답해야 합니다. '장의 기상'에서 저는 일단 수동적인 입장에 있습니다. 그런데 비와 바람, 구름과 무지개 등이 만들어 내는 '장'에는 독특한 '흐름'이라는 것이 있습니다. 제 미션은 그 '흐름'에 올라타는 것입니다. 흐름에 올라타서 자유자재를 얻는 것이지요. 수동적인 입장에서 출발해도 '장의 기상'에 타고 '장의 이치'에 따르는 이는 장을 주재할 수 있습니다. 이것은 무도의 이치이자 기술입니다.

제 목표는 장의 기상에 올라타서 장의 이치에 따르는 말을 하는 겁니다. 무도에서 중요한 것은 '있어야 할 때 있어야 할 곳에서 해야 할 일을 하는 것'인데, 이는 글쓰기에도 똑같이 적용할 수 있습니다. 써야 할 때 써야 할 곳에서 써야 할 것을 쓰는 것이 제 이상입니다. 물론 이상을 실현하는 것이 목표이지 바로 실행할 수 있다는 것은 아닙니다. 하지만 적어도 목표 방향을 이렇게 설정하는 것은 옳다고 생각합니다.

그리고 이 방향으로 향하려면 무엇보다 낭창낭창하면서도 정밀한 문체를 가져야 합니다. 여기서 착각하면 안 되는 것이 하나 있습니다. '낭창낭창하고 정밀한 문체를 갖는다'는 것이 '잘 쓰는 것'은 아닙니다. 자기가 쓰고 있는 글이 장의 기상과 이치에 맞는지 아닌지를 계속 살피면서 쓴다는 의미입니다. 장의 기상에 올라타고 장의 이치에 따르고 있으면 말은 계속해서 솟아납니다. 반대로 벗어나 있으면 말이 막힙니다. 막혀도 괜찮습니다. 그건 장의 기상에서 벗어나 장의 이치에 따르지 않고 있다는 의미이니까요. 그걸 알고 있으면 자신이 어디에서부터 길을 잘못 들었는지 간파해서 그 분기점으로 돌아가면 됩니다. 이럴 수 있는 게 자기 보이스를 가졌을 때 얻게 되는 강점이지요. '틀릴 수도 있는 문체' '수정의 여지가 있는 문체'야말로 '자유자재한 문체'입니다.

제게는 오다지마 다카시°라는 작고한 친구가 있습니

° 小田嶋隆. 1956년 도쿄 출생. 와세다대학을 졸업하고 식품회사 영업사원으로 1년 남짓 일하다가 '테크니컬 라이팅'의 창시자가 되었다. 『오다지마 다카시 칼럼의 길』『더 칼럼』 등의 책을 썼고, 국내에서는 『딱 한 잔만 더 하고 갈까요』(최정주 옮김, 해

다. 그는 훌륭한 보이스를 가진 작가였지요. 그가 구사한 문체의 가장 큰 특징은 '전언철회'前言撤回가 가능하다는 것이었습니다. 저는 그의 추도사에 다음과 같은 글을 썼습니다.

> 오다지마 선생은 도쿄 변두리 태생의 고유한 말투를 가지고 있었다. 조금 거칠고 칼을 비스듬히 들어 적을 가누는 자세 같았달까. 가끔은 대놓고 설교할 때도 있었다. 하지만 선생은 뭣보다 "~이다"라고 단정적으로 쓰고 나서 그 문장에 곧 취소선을 긋고 "아니 이건 좀 과언이었다. 잊어 달라" 하는 식의 표현을 자주 구사했다. 이것이 오다지마 선생이 가진 문체의 가장 큰 특징이자 매력이 아니었을까.
>
> "쓴 후에 곧 취소선을 긋고 '쓰지 않은 것으로 해 달라'라고 할 거면 아예 처음부터 쓰지 않으면 되지 않는가. 다 쓰고 난 후에 '증거'를 없애고 쓰지 않은 것으로 하면 되지 않는가" 하고 똑똑한 체 말하는 사람이 있을지도 모르겠다. 그런데 그건 오다지마 다카시라는 사람을 몰라서 하는 말이다. 오다지마 선생은 그럴 수 없었다. 과언과 말실

피북스투유, 2019)가 번역 출간되었다.

수를 포함해서 한 번이라도 자기 입에서 나온 말에는 깊은 애착을 가지고 있었기 때문이다. 그가 한 실수조차도 오다지마 다카시라서 할 수 있는 실수였다. 그런 말실수를 할 수 있는 사람은 세상에 오다지마 다카시밖에 없다. 그렇다면 그것 역시 그의 '작품'이라고밖에 달리 부를 말이 없을 것이다.

이 정도면 알아들으셨을 거라 생각합니다. 오다지마 다카시 선생이 '자신의 보이스'를 가졌다는 것은 과언과 말실수를 포함한 모든 것이 자신의 '작품'이 되는 문체를 가졌다는 의미입니다.

글쓰기 기술이라고 하면 아마 보통은 문장을 어떻게 논리적으로 혹은 수사적으로 아름답게 쓸 것인가에 주안점을 둘 것이라 생각하겠지만, 중요한 것은 그것이 아닙니다. 쓰는 힘을 갖췄다는 것은 자신의 보이스로 말할 수 있게 되었다는 의미입니다. 자기 보이스로 지어낸 말에는 고유한 율동과 흐름과 힘이 있습니다. 그래서 읽었을 때 무엇이 쓰여 있는지 퍼뜩 가늠이 잘 안 되어도 계속 읽어 나갈 수 있습니다.

따라서 어려운 것, 보통 사람들은 좀처럼 이해하기 힘

들 것 같은 복잡기괴한 이야기를 쓸 때는 반드시 자신의 보이스로 말을 지어야 합니다. 보이스가 생생하고 리드미컬하게 진행되면 독자에게는 '흐름'에 휘말려서 '정신을 차려 보니 끝까지 다 읽고 말았다'와 같은 일이 일어납니다. 얼마든지 그럴 수 있지 않을까요? 독서는 독자가 '당신이 말하고 싶은 것이 무언지 잘 알겠습니다' 하고 나면 그걸로 끝나니까요. 독자는 거기서 책을 덮습니다. 그래서는 곤란합니다. 그러지 않고 '당신이 말하고 싶은 것이 무언지 잘 모르겠지만, 어쩌다 보니 책을 덮을 수가 없었고, 정신을 차려 보니 어느새 다 읽고 말았다'라고 고백하는 독자를 얻는 것이 쓰는 사람에게는 가장 기쁜 일입니다.

그러니 의미는 일단 아무래도 상관없습니다. 마지막까지 술술 읽을 수 있게 쓰는 것이 중요합니다. 나아가 음독音讀, 즉 소리내어 읽기를 감당할 수 있게 써야 합니다. 쉬엄쉬엄 중간에 한숨 돌리며 읽어도 좀처럼 읽히지 않는 글이나 리듬이 나쁘거나 귀에 거슬리는 마찰음·파열음이 많은 문장은 음독을 감당할 수 없습니다.

음독할 수 있는 문장은 독자의 머리(뇌)가 아니라 몸으로 들어갑니다. 몸으로 스며들어 독자의 신체 일부가 됩니다. 이후 오랜 시간이 지나서 그 글이 이미 독자의 몸의

한 부분이 된 시점에 독자는 무심코 과거에 읽었던 책의 한 구절을 입에 담습니다. 여기서 중요한 것은 '무심코'입니다. 몸 깊숙한 곳에서 그 말이 떠오르는 겁니다.

작가로서 최고 영예는 자기가 쓴 문장이 누군가의 몸에 스며들어서 거기서 오랜 시간을 보낸 뒤에 어느 날 그 사람의 말로 재생되는 것이 아닐까요. 저는 그런 문장을 쓰고 싶습니다.

7 기억의 저장소

글쓰기 기술에 대한 이야기를 들려주셨으니, 글감에 대한 질문을 던져 보겠습니다. 선생님은 해마다 엄청난 분량의 책을 펴내고 계십니다. 이렇게 많은 글과 책을 쓰시는 바탕을 어떻게 마련하시나요? 선생님의 '인풋' 방식이 궁금합니다.

저는 인풋이 적습니다. 예전에 대학 동료로부터 "우치다 선생은 인풋은 1인데 아웃풋은 5 정도를 내는군요"라는 농담을 들은 적이 있는데, 그 말은 좀 과장이었지만 책 한 권을 읽으면 논문 두 편은 쓸 수 있을 정도로 효율 좋은(?) 독서가이기는 합니다.

이럴 수 있는 것은 제 안에 잠들어 있는 '기억의 저장소'archive로부터 글쓰기 소재를 끄집어내기 때문입니다. 이 기억의 저장소에는 이전에 읽은 책뿐만 아니라 영화와 드라마의 한 장면, 만화 대사, 친구와 나눈 잡담, 부모와 교사가 무심코 내뱉은 한마디 등이 모두 들어 있습니다. 이런 단편斷片은 '왠지 잘 씹어 삼킬 수가 없어서 목구멍에 걸린 작은 생선 가시 같은 것'이라는 공통된 특징을 가지고 있습니다.

예를 들어 카프카를 읽다가 "너와 세계와의 싸움에서 세계를 밀어줘라"라는 말을 만난 적이 있습니다. 의미를 알 수 없었지요. 하지만 아주 중요한 이야기를 하고 있다는 느낌이 들었습니다. 그런 게 목구멍에 걸린 작은 가시가 되는 겁니다. 앙드레 브르통을 읽다가는 "'세계를 바꿔야 한다'고 마르크스는 말했다. '삶을 바꿔야 한다'고 랭보는 말했다. 이 두 구호는 우리에게 하나다"라는 모호하지만 왠지 박력 있는 문장과 마주쳤습니다. 그런 잘 씹어 삼키기 어려운 것이 모여 제 안에서 막대한 기억의 저장소를 구축합니다.

보통은 잘 이해할 수 없는 것이 생기면 일단 이해하려고 노력하지요. 물론 그래도 좋습니다. 그런데 이해하는 것이 중요하다고 해서 이해할 수 없는 것이 있는 상태를 좋지 않다고 할 수는 없습니다. '이해할 수 없는 것은 좋지 않다'고 무작정 생각해 버리면 제대로 이해할 수 없는 것이 생겼을 때 스트레스를 받게 됩니다. 급기야 이해할 수 없는 것을 이해할 수 있는 것으로 해 버린다거나 잊어버리는 방어기제를 작동시키는 일이 일어납니다. 이것이야말로 좋지 않지요.

이해하는 것은 좋은 일입니다. 아주 좋습니다. 다만 이해할 수 없는 것이 있는 상태도 똑같은 정도로 좋은 일입니다. 어쩌면 이해할 수 없는 것의 목록을 길게 만드는 것이 이해할 수 있는 것의 목록을 길게 만드는 것 이상으로 인간의 지적 성장에 좋은 일일지 모릅니다.

학자 중에는 어떤 전대미문의 사태를 접해도 쿨하게 미소 지으면서 "전 이미 이런 일을 생각해 본 적이 있습니다"라며 무슨 일이 일어난 건지 술술 설명하는 이가 있습니다. 사람들은 대개 그런 사람을 보고 '와! 똑똑하다'라며 감탄하지만 저는 '그게 정말일까?!?!' 하며 무심결에 의심합니다. 그것보다는 외려 "생각 밖의 일이네요. 저도 정말 놀랐습니다. 세상에는 때때로 생각지도 못한 일이 일어나는군요" 하고 솔직하게 놀라는 사람을 더 신뢰합니다. 그런 사람은 자신이 제대로 설명할 수 없는 일, 자기가 가진 틀로는 제대로 설명할 수 없는 일이 일어난 것을 기뻐합니다. 그 일이 자신의 이해와 설명의 틀을 한 단계 성장version up 시켜 주기 때문이지요.

이런 자세를 견지하는 것이 건전한 과학자의 태도라고 저는 생각합니다. 과학자는 먼저 가설을 세웁니다. 가설은 세계에서 일어나는 일의 일부에 관해서는 타당한 '잠정적 진리'입니다. 그것을 통해 제대로 설명할 수 있는 것이 확실히 몇 가지 있습니다. 그런데 그 가설을 사용해서 실험하거나 적용 범위를 넓혀 보면 그 가설이 타당하지 않은 사례를 만나게 됩니다. 이것이 '반증 사례'입니다. 그 경우에는 그 반증 사례를 설명할 수 있도록 가설을 보다 포괄적으로 고쳐 써야 합니다. 과학이라는 것은, 자연과학도 사회과학도 그렇게 진보해 왔고 진보해 갈 겁니다.

그래서 과학적 지성은 자신의 가설이 들어맞는 사례를 모으는 것이 아니라 자신의 가설이 들어맞지 않는 반증 사례를 찾는 것에 우선으로 지적 자원을 할애합니다. 그렇게 하는 것이 가설을 보다 포괄적인 것으로 만들고, '진리에 더 가까운 것'으로 고쳐 쓸 찬스를 늘려 주기 때문입니다. 타인으로부터 "당신의 가설은 틀렸습니다"라는 반증을 제시받기 전에 스스로 자신의 가설을 고쳐 쓸 수 있도록 반증 사례를 찾는 것, 그것이 과학자의 영광입니다. 칼 포퍼는 그렇게 말했습니다. 저도 전적으로 동의합니다.

저의 뇌 안에 존재하는, 한없이 거대한 기억의 저장소는 제대로 씹어 삼키지 못한 것으로 가득합니다. 제가 이해할 수 없었던 것, 제대로 설명할 수 없었던 것, 계속해서 마음에 걸려 있던 것으로 채워져 있습니다. 그 작은 조각들은 거기 처음 저장되었을 때부터 제게 쭉 "빨리 설명해 봐" 하고 호소하고 있습니다. 몇십 년째 그러고 있는 조각도 있습니다. 이것들이 모두 제가 가진 이해의 틀에는 아무래도 수납할 수 없었던 '반증 사례'들입니다.

그러다가 어떤 계기, 예컨대 책을 읽거나 영화를 보거나 다른 사람의 이야기를 듣던 중에 "아! 이게 그건가?!" 하며 무릎을 치게 되는 때가 찾아옵니다. 몇십 년이나 제대로 씹어 삼킬 수 없어서 목구멍에 걸려 있던 작은 가시를 쓱하고 씹어 삼킬 수 있는 순간이 찾아오는 거죠. 바로 이 "이게 그거잖아"의 납득 방식을 저는 매우 좋아합니다. 이때 '이것'과 '그것'의 거리가 멀면 멀수록 더 좋습니다. 철학 명제와 문학의 한 구절이 일치한다거나 최근 정치 이론의 한 문장이 노가쿠°의 문구와 똑같다거나 종교의 계율과 구기 운동 규칙에서 정하는 금기가 같은 것을 발견한 순간 "아!

이게 그걸 말하는 거구나" 하며 느끼는 상쾌함은 글로 담아내기가 어려울 정도입니다.

질문이 어떻게 인풋하는가였는데, 저는 특별히 인풋하지 않습니다. 그냥 살아가는 것뿐이라는 말씀밖에는 드릴 수가 없겠네요. 그런데 살면서 우연히 마주치는 '왠지 잘 삼켜 넘길 수 없는 것'을 저장하는 노력을 저는 아까워하지 않습니다. 저 자신이 제대로 설명할 수 없는 일을 만나면 두근두근합니다. 이런 말을 하는 사람은 별로 없겠지만, 저는 확신을 가지고 말할 수 있습니다. 이해할 수 있는 것의 목록을 길게 만들 여유가 있으면 이해할 수 없는 것의 목록도 아이 때부터 길게 만들어 두라고요. 그것이 나중까지, 오래오래 즐거운 법입니다.

○ 能樂. 일본 고전 예술 양식의 하나로, 피리와 북소리에 맞추어 노래를 부르면서 춤을 추는 가면 악극.

8 외국어라는 새로운 세계

선생님은 영어와 프랑스어는 번역도 하실 정도로 능통하시고, 독일어·라틴어·히브리어에 최근에는 한국어까지 공부하신다고 들었습니다. 외국어야말로 청년뿐 아니라 청소년, 어린이까지도 공부 부담을 떨칠 수 없는 영역이지요. 외국어 공부를 해야 하는 이유가 뭘까요? 선생님께 외국어 공부란 어떤 의미였는지 궁금합니다.

제가 '마스터'했다고 할 수 있는 건 영어와 프랑스어뿐이고, 독일어와 라틴어·히브리어·한국어는 겨우 사전을 찾을 수 있을 정도로 공부해 본 게 전부입니다. 서툰 수준이지요.

영어는 중학교 1학년 때 처음 접했고 2년 정도 공부하고 나니 미국 신문 기사를 읽고 비틀스의 노래 가사를 들을 수 있는 정도가 되었습니다. 그래서 다른 언어도 비슷한 페이스로 마스터할 수 있을 거라고 생각했지만 오산이었습니다. 아예 모르는 외국어를 새롭게 습득하는 건 중학생 정도로 머리가 부드러울 때 시작하지 않으면 무리입니다. 그런 의미에서 고전어만큼은 어렸을 때 공부해 두면 좋습니다. 제게도 라틴어와 그리스어·히브리어는 어릴 때 공부해 두면 나중에 편하다고 조언해 주는 어른이 있었으면 좋았을 텐데요. 물론 패전 후 초토화된 일본에 그런 말을 해 줄 어른이 있었을 리 없고 그것을 가르쳐 줄 선생도 없었으니 무리한 바람이긴 하지만요.

어떤 외국어든 공부해 보기로 결심하는 순간은 정말로 두근두근합니다. 그 두근거림은 이후로도 내내 잊히지 않습니다. 새로운 언어를 공부하며 모어에 없는 개념이나 모어에 존재하지 않는 음운을 접하는 일은 실로 감동적입니다. '모어의 감옥' 바깥으로 벗어날 수 있는 계기이자 경험이라고 할까요. 외국어 공부의 기쁨이란 바로 이런 것입니다.

저는 프랑스어를 꽤 오랫동안 가르쳤는데, 그러면서 일본 학생들이 프랑스어의 '상'相, aspect이라는 개념을 좀처럼 이해하지 못한다는 사실을 알게 되었습니다. '상'이란 과거/현재/미래가 아니라 동작의 완료/미완료로 시간을 구분하는 방식입니다. 이해하지 못하는 게 당연하지요. 일본어에서는 시간을 그런 식으로 나누지 않으니까요. 예를 들면 'J'ai oublié la clef'는 '나는 열쇠를 잊었다'라는 뜻이고 'J'oubliais la clef'는 '나는 열쇠를 잊는 중이었다'는 의미입니다. 양쪽 모두 과거의 일이지만 앞 문장에는 완료상의 동사가, 뒤 문장에는 미완료상의 동사가 쓰여 의미는 정반대가 됩니다. '잊기 시작했지만 잊는 것이 끝나지 않았다'라는 미완료 동작을 나타내는 시제가 프랑스어에는 있습니다. 미완료상은 미래 시제와도 함께 쓸 수 있습니다. 'Je sortais'는 '지금 나가는 중입니다'라는 뜻이지요. 지금 막 신발을 신고 문고리를 잡았지만 아직 문을 완전히 열고 바깥으로 나가지는 않은 상태. 이런 어중간한 상태를 나타내는 시제가 있습니다. 이것 역시 일본어에는 없고요.

이런 시제가 프랑스어에는 엄연히 존재한다는 이야기를 일본 학생들에게 정성껏 설명하면 눈이 반짝반짝 빛나기 시작합니다. 시간을 나누는 방법이 일본어 화자와는 다른 사람들이 이 세상에 존재한다는 사실에 감동하는 것이지요. 세상이 넓다는 것을 알면 절망스러워지는 것이 아니라 기뻐지는 법입니다.

영어에는 'devilfish', 즉 '악마 물고기'라는 카테고리가 있습니다. 문어와 가오리를 합쳐서 그렇게 부릅니다. 그런데 문어에는 'octopus', 가오리에는 'manta'라는 제대로 된 명사가 각각 있습니다. 그러면 'devilfish'는 무엇일까요? 영어 화자의 머릿속에는 문어와 가오리가 동시에 그려지는 어떤 '요괴스러운 생물'이라는 이미지가 존재합니다. 하지만 모어에 'devilfish'라는 개념이 없는 비영어 화자는 영원히 그 이미지를 알 수 없겠지요. 이런 이야기를 들려주어도 학생들은 눈을 번쩍 뜨고 경청합니다. "문어는 'octopus'라고 암기하라"라고 가르칠 때는 흥분하지 않지만 "영어 화자의 머릿속에는 일본어 화자가 알고 있는 문어와 같은 문어가 존재하지 않는다"라는 사실을 알면 지적 흥분이 일어나는 거지요. 이편이 지적으로 훨씬 '건전한' 반응이라 생각합니다.

일본에서도 한국에서도 요즘은 보통 영어 공부를 많이 할 겁니다. 주로 말하기 중심으로요. 영어로 쓰인 문학 작품을 읽거나 철학책을 읽기에 필요한 어학력이 아니라 말하기, 즉 회화 위주로 공부합니다. 물론 영어 대화 능력도 중요합니다. 굉장히 중요하지요. 그런데 회화라는 건 오로지 '서로를 아는 일'을 가산해 나가는 작업입니다. '모어로는 이렇게 말하는 것을 영어로는 이렇게 말한다'라고 하는 동의어쌍의 목록을 주야장천 늘려 나가는 작업입니다. 문제는 이런 식의 학습은 '모어의 감옥' 바깥으로 나간다는 외국어 습득의 목적과는 방향이 다르다는 것입니다. 이런 학습 방식의 목표는 '모어의 적용 범위를 가능한 한 멀리까지 확대해 나가는 것'이 아닐까 싶습니다.

영어를 공부하는 이유가 무엇이냐는 질문을 받으면 취직에 유리하고 그러면 자연히 높은 소득을 기대할 수 있다고 대답하는 사람이 있습니다. 말 그대로죠. 그런 기대와 목표는 '모어 중심적 현실 인식'입니다. 그런데 그런 동기만으로 외국어를 배우는 사람은 자신이 모어의 감옥에 갇혀 있다는 사실을 자각하지 못합니다. 자칫하면 외국어를 유창하게 구사하게 되더라도 세계가 넓다는 사실은 모르는 사람이 될지도 모릅니다.

이건 모어가 영어인 사람들을 보면 알 수 있습니다. 그들에게는 모어가 국제 공통어이므로 세계 어디에서도 거의 모어로 의사소통할 수 있습니다. 비즈니스 교섭을 하거나 국제학회에서 발표할 때, 항공사 카운터에서 "빨리 좀 해 주세요" 하고 호통칠 때도 모어가 통합니다. 편해서 좋겠다는 부러운 생각이 들지요. 그런데 그렇기에 이런 사람들은 '세계는 넓다'는 사실을 좀처럼 감지하지 못할 거란 생각도 듭니다. 오히려 무심코 '세계는 좁다'고 생각해 버리지 않을까요? 영어가 통하지 않는 곳에 가면 "뭐야? 영어가 안 통해? 미개한 곳이네"라고 생각하게 될 테니까요. "이럴 줄 알았으면 현지어 공부를 좀 하고 오는 건데"라고는 생각하지 않을 겁니다. 세계를 '영어가 통하는 문명국'과 '영어가 통하지 않는 미개국'이라는 두 카테고리로 나누고, 영어가 통하지 않는 미개국에는 가능하면 가지 않겠다고 생각하고 말겠지요. 그렇게 생각하지 않기가 오히려 어렵지 않을까요? 세계 어딜 가든 "Is there anyone who can speak English?"(영어 할 줄 아는 분 있나요?)라고 큰 소리로 말하면 어딘가에서 반드시 "Yes, I can speak English a little"(네, 제가 조금 할 수 있습니다)이라고 소심하게 중얼거리며 쭈뼛쭈뼛 걸어 나오는 사람이 있으니까요.

세계 어느 나라를 가도, 그곳이 세관이든 레스토랑이든 렌터카 회사든 "한국어 할 수 있는 사람 있나요?"라고 소리치면 거의 100퍼센트 확률로 "네"라고 말하는 사람을 볼 수 있는 상황을 상상해 보세요. 그런 언어 환경이라면 외국어를 배우려는 의욕이 높아질 수 있을까요?

영어권 사람들이 외국어를 얼마나 이수하는지에 대한 통계 같은 걸 본 적은 없지만 아마도 외국어 습득률이 꽤 낮으리라고 생각합니다. 지금 젊은 세대들처럼 외국어를 습득하는 이유가 회화를 원활히 하는 것이라면 영어가 모어인 사람에게는 외국어를 공부할 이유가 전혀 없기 때문입니다. 모두가 영어로 말을 걸어 주니까요. 이것은 영어 화자에게 결점일까요 강점일까요? 저는 양쪽 다라고 생각합니다.

세계 곳곳의 사람들과 국적 또는 국경을 신경 쓰지 않고 왕래하며 대면해서 바로 의사 교환을 할 수 있다는 것은 지적으로 아주 유리한 점이지요. 그런데 좋은 점이 있으면 나쁜 점도 있습니다. 영어 화자에게는 모어에 없는 개념을 만날 기회가 그만큼 적을 겁니다. 탐구심이 아주 왕성한 학자가 아니라면 모어에 없는 개념에 흥미를 보이지 않을 겁니다. 그런 건 '세계 표준적으로 무의미'한 것일 테니까요.

우리 비영어 화자들은 모어만으로는 세계 대부분의 사람과 의사소통할 수 없다는 커다란 '핸디캡'을 안고 있습니다. 하지만 이것이 외국어를 공부하는 강한 동기가 되고, 외국어 공부로 모어의 감옥 바깥으로 빠져나갈 기회가 늘어난다고 하면 그건 결코 결점만은 아닐 겁니다.

III 배움의 즐거움

9 아카데믹 하이

평생 배우는 사람으로 사시게 된 계기, 그러니까 선생님 스스로 '나는 배우는 사람이다' '학문을 업으로 하는 사람이다'라고 자각하신 계기 혹은 시기가 있으셨나요?

석사 과정 마지막 학기에 석사 논문을 쓰면서 알았습니다. 갑자기 깨달은 것은 아니고 그 전 단계가 있습니다. 그 이야기를 좀 해 보죠.

대학원 석사 과정에 입학할 무렵 친구인 히라카와 가쓰미°의 권유로 번역 회사 창업에 참여했습니다. 번역 회사

° 平川克美. 일본의 실업가이자 문필가로 와세다대학 기계공학

라니 지금 20~30대 한국 청년들이라면 의아하게 느낄 수도 있겠지만, 1970년대에 일본은 한창 고도의 경제 성장이 이루어질 때라서 종합상사가 여기저기 생겨 세계 곳곳에 물건을 팔고 있었습니다. 자동차나 가전제품뿐 아니라 댐이나 철도 같은 엄청난 규모의 '물건'을 거래하기도 했죠. 예를 들어 알제리 정부로부터 화력발전소 건설 같은 일을 입찰받으면 그것과 관련된 프랑스어 문서가 문자 그대로 킬로미터 단위로 나옵니다. 일을 수주한 상사나 그 외 여러 업체 직원들이 일일이 사전을 찾아 가면서 번역할 여유 같은 것은 없지요. 그럼 그 문서들이 통째로 번역 회사로 들어옵니다. "일주일 안에 일본어로 번역해 달라!" 같은 주문과 함께요. 그러면 번역 회사는 닥치는 대로 번역합니다. 전문 지식을 갖춘 번역가를 섭외할 여유 같은 것은 물론 없

과를 졸업하고 동갑내기 친구 우치다 다쓰루와 함께 번역 회사 '어반 트랜스레이션'을 설립·운영했다. 이후에도 다양한 회사를 창업해 운영한 경험이 있으며, 릿쿄대학 특임교수와 객원교수 등으로 학생들을 가르치며 일본 사회의 내셔널리즘에 대한 비판자로 출판계에서도 활발하게 활동했다. 우치다 다쓰루와 함께 『침묵하는 지성』(박동섭 옮김, 서커스출판상회, 2021)을 썼고, 이 외에도 『소비를 그만두다』(정문주 옮김, 더숲, 2015) 『골목길에서 자본주의의 대안을 찾다』(장은주 옮김, 가나출판사, 2015) 『고양이 마을로 돌아가다』(남도현 옮김, 이숲, 2016) 등을 썼다.

습니다. 그저 외국어를 일본어로 바꾸어 주면 그것으로 충분하다고 할 정도로 결과물에 대한 요구 수준이 낮았습니다. 그런 촌각을 다투는 일을 맡으려는 번역 회사가 1970년대 중반 도쿄에는 무려 600곳이나 있었습니다. 그만큼 일이 많았다는 것이지요. 우리같이 이제 막 생긴 작은 회사에도 일이 물밀듯이 밀려들 정도였으니까요.

우리 회사는 업무 속도가 빠르고 고료가 저렴했습니다. 일을 받으면 오토바이를 타고 발주처까지 문서를 받으러 갔고, 문서를 받으면 곧바로 번역가 집으로 직행했지요. 손으로 쓴 초고가 완성되면 그걸 또 타자수 집으로 전달했고, 타이핑이 끝나자마자 "완성되었습니다" 하며 발주처로 달려갔습니다. 저도 번역 업무를 함께 담당하고 있었기에 짧은 문서는 주문이 들어오자마자 바로 그 자리에서 번역해서 번역 원고와 청구서를 함께 건네는 재주를 부리기도 했지요.

재미있는 일이었습니다. 매출이 매달 배로 뛰었고 직원도 늘고 사무실도 점점 커졌습니다. 제가 한 일 가운데 가장 인상에 남는 것이라면 어느 가전 브랜드에서 발주한 소형 컴퓨터 팸플릿 번역이었습니다. 미국 캘리포니아에 거주하는 청년 두 명이 자택 차고에서 인두로 땜질해서 만든 그 퍼스널컴퓨터PC는 이전의 기업·정부 중심 IBM 컴퓨터와는 완전히 다른, '새로운 아이디어 작품'이었습니다. 그 '선전 문서'를 두근거리는 마음으로 번역했던 기억이 아직도 생생합니다. '애플'이라는 기기였지요. 스티브 잡스와 스티브 워즈니악이라는 두 청년의 미래가 밝게 빛나기를 바라면서 저 역시 깊은 공감을 담아 그 팸플릿을 번역했습니다.

그런 일을 하면서 일주일에 하루 이틀 정도 회사를 빠져나와 대학원 수업을 들었습니다. 말 그대로 틈틈이 공부했으니 선생들로부터는 공부하지 않는 녀석이라는 곱지 않은 눈초리를 받았습니다. 회사는 점점 커지고 일도 편집과 출판으로까지 확장된 탓에 언제부턴가는 양립할 수 없는 두 일을 겸하기는 무리이겠다는 생각을 하기 시작했습니다. 사업에 집중하거나, 공부에 집중하거나. 둘 중 하나를 선택하지 않으면 안 되겠다는 생각이 들었습니다.

저는 마지막으로 한 번만 대학원생답게 실컷 공부하고 석사 논문만큼은 저 스스로 납득할 만한 주제로 써 보기로 결의했습니다. 회사로부터는 6개월의 휴가를 받았습니다. 석사 논문이 어느 정도 수준에 도달했다는 심사를 받고, 혹 박사 과정 진학 허가를 받으면 회사를 그만두고 연구자의 길을 걷자고도 다짐했지요. 하지만 만약 박사 과정 진학 허가가 나지 않으면 깨끗이 단념하고 회사로 돌아가자고 마음을 정했습니다. 제게는 편집과 출판 일도 굉장히 재미있었기에 박사 과정에 진학하지 못하더라도 패배했다는 생각이 들지는 않을 것 같았습니다. 그저 '아, 연구는 내 길이 아니구나' 하고 생각했을 겁니다. 회사로 돌아가서 다시 즐겁게, 또 다른 형태의 지적 활동에 매달리면 그것으로 충분했을 겁니다. 단, 후회하지 않으려면 반드시 한 번은 '이 이상으로 더 열심히 공부할 수는 없다' 싶을 정도로 공부에 매달려 봐야겠다고 생각했습니다. 그리고 주어진 6개월 동안 정말로 '평생 이만큼 집중해서 공부할 일은 두 번 다시 없을 것이다'라는 생각이 들 정도로 공부에 몰두했습니다. 아침부터 저녁까지 오로지 책 읽고 논문 쓰는 일에만 집중했지요. (이때도 저녁에는 거의 매일 합기도 수련을 했지만요.)

그 시간이 정말로 즐거웠습니다. 이런 일이 언제까지라도 계속되면 좋겠다고 생각했지요. 책 읽고 논문 쓰는 일을 평생의 일로 할 수 있으면 얼마나 즐거울까 하고 느꼈습니다. 다행히 제 석사 논문은 심사를 맡은 교수들로부터 좋은 평가를 받고 무난히 박사 과정 진학 허가를 얻었습니다. 히라카와에게는 "미안한 말이지만 나는 앞으로 연구자로 살 거라서 비즈니스 파트너 일은 그만두겠다"는 인사를 전했습니다. 히라카와는 적잖이 실망했지요. 같이 놀 친구가 없어진 셈이니까요. 그런데 전 이미 '자본주의 게임'보다 프랑스 철학과 문학을 연구하는 쪽이 훨씬 더 흥분되는 일임을 알아 버렸으니 어쩔 수가 없었습니다. 이후 박사 과정을 이수하면서 여름방학이나 겨울방학과 같은 긴 시간이 나면 회사로 돌아가서 주주이자 아르바이트생으로 일을 돕고 직원들과 함께 놀기도 했습니다. 그러다가 박사 과정 3년 차가 되었을 때 프랑스 문학 연구실의 조교로 채용되어 대학교원이 되었습니다. 제 나이 서른한 살 때의 일이었지요. 이런 과정을 거치면서 저는 '학문을 업으로 하는 사람'이 되었습니다.

그런데 이후에도, 실은 더 깊게 한 번 더 '학문을 업으로 삼은 기쁨'을 느낀 적이 있습니다. 그로부터 20년 정도 지난 후에요. 그사이 저는 결혼을 했고 1989년, 서른여덟이 되던 해에 이혼하고 당시 여섯 살이던 딸과 2인 가족을 꾸려 살게 되었습니다. 당시만 해도 부부가 이혼하면 엄마가 아이의 친권을 갖는 경우가 많았습니다. 양육에 관해서는 어머니가 아버지보다 훨씬 더 적극적이고 아버지들은 보통 직장에서 늦게 귀가해 아이가 자는 얼굴을 보는 게 보편이던 시대였으니까요. 그런데 저는 왜인지 양육에 꽤 열의 있는 아빠였습니다. 당시 대학의 조교 일이 굉장히 한가로웠기 때문이기도 했지요. 일주일에 두 번만 출근하면 되었으니 주 5일 근무가 아니라 주 5일 휴일이었던 셈입니다. 조교 일 이외에도 대학과 학원에서 시간강사 일을 병행했는데, 두 일 모두 굉장히 편했고 집에 있는 시간이 꽤 길었습니다. 아내보다도요. 아이 어린이집 등·하원은 물론 크고 작은 행사 참여, 소아과를 방문하는 일 전반이 모두 제 담당이었습니다. 딸이 어린이집을 졸업할 때는 원장 선생님으로부터 보호자 대표로 지목되어 감사의 말을 발표하기도 했습니다. 아이 아빠가 그 일을 맡은 건 그 어린이집 창립 이래 처음이었다고 합니다. 그만큼 아이 돌보는 일에 진심이었지요. 그래서인지 이혼하며 딸에게 "누구와 함께 살래?" 하고 물었을 때 딸은 울면서 "아빠랑 살 거야" 하고 대답했습니다.

이후로 우리는 부녀가정을 꾸려 살게 되었지요. 아이가 아직 어렸으므로 단독 양육자로 사는 것은 예삿일이 아니라고 생각했고 '적어도 아이가 클 때까지는 학문을 업으로 하는 삶을 단념하자'고 결의했습니다. '아이를 돌보는 일이 최우선이 되어야 한다. 하루 세끼를 제대로 먹이고,

깨끗이 빨래해서 다림질한 단정한 옷을 입히고, 따뜻한 이불을 덮고 자게 해 주고, 병에 걸리지 않고 다치는 일 없이 자유로운 아이로 키우자. 이렇게만 할 수 있으면 100점이다. 만약 이 일을 다한 후에 내게 남는 시간이 있으면 그 시간에 책을 읽거나 논문을 쓰거나 번역을 하자. 이런 일을 하는 시간은 어디까지나 내게 주어진 '보너스'라고 생각해야지. 그러니까 있으면 감사하고 없어도 불평하면 안 돼.'

아마 이렇게 생각하지 않았다면 연구 시간을 충분히 확보하지 못했다는 느낌에 늘 초조할 수밖에 없었을 겁니다. 아이를 떠올리며 '너 때문에 내가 연구에 몰두할 수가 없다. 너는 내가 학자로서 자기실현하는 걸 방해했다'와 같은 원망하는 마음을 갖게 되었을 거고요. 그렇게는 되고 싶지 않았습니다. 아이에게 절대로 저로 인해 부담을 갖게 하고 싶지 않았어요. 그래서 딸과 둘이 살게 되었을 때부터 학계에서 성공한다든지 논문과 저작으로 세상의 호평을 얻는 일에 대해서는 완전히 단념했습니다.

물론 연구자로서의 경력은 단념했어도 연구실로 출근은 꼬박꼬박 하면서 사회인으로서 해야 할 일은 다했습니다. 그렇게 해서 아이가 고등학교를 졸업하고 집을 나갈 때까지 단독 양육자로 12년을 살았습니다. 다행히도 사이사이 '보너스' 시간이 꽤 자주 찾아왔고요. 12년 동안 책도 몇 권 번역했고 짧은 논문도 몇 편 썼습니다. 파리에 가서 레비나스 선생님을 뵌 것도 이 시기였습니다.

그리고 2001년 봄에 딸은 고등학교를 졸업하고 그때부터는 도쿄에서 어머니와 살겠다며 집을 나갔습니다. 오랜 양육자로서의 삶이 끝난 것이지요. 제가 막 쉰 살이 되던 해였습니다. '아, 이제 앞으로는 아침에 일어나서 딸의 밥을 준비하고 도시락 싸는 일을 하지 않아도 된다. 내가 하고 싶은 만큼 책을 읽고 논문을 쓸 수 있다.' 딸이 떠난 것에 대한 쓸쓸함과 앞으로 하고 싶은 일을 마음껏 할 수 있다는 해방감이 한데 섞여 뭐라 표현할 수 없는 기분이 들었습니다.

먼저 딸의 빈자리로 인한 결핍감을 메우려고 그간 쌓고 쌓아 둔 아이디어를 전부 끄집어내서 레비나스론을 집필했습니다. 어느 출판사에서 '20세기의 열매'라는 콘셉트로 20세기를 대표하는 사상가 스무 명에 관한 개론서 출간을 기획했고, 저에게는 레비나스 파트를 맡아 달라는 의뢰를 해 왔습니다. 딸을 키우느라고 억제한 12년 치의 에너지가 분출해서 아침부터 밤까지 쉬지 않고 레비나스론을 쓰기 시작했습니다.

도중에 태어나 처음으로 '아카데믹 하이'academic high 상태를 경험했지요. 집 밖으로 한 발자국도 나가지 않고 주구장창 레비나스에 관한 글만 쓴 지 2주 정도 된 시점의 일이었습니다. 당시 원고 분량은 아직 전체의 절반에도 미치지 않은 수준이었지만, 화면을 응시하며 키보드를 두드리다 보니 갑자기 책 전체가 그려지며 결론까지 '보이기' 시작했습니다. '아 이 글이 이렇게 끝나는구나. 이런 가설을 세우고, 이런 인용을 하고, 이런 논증을 하고……, 결론은 이렇게 나는구나' 같은 걸 전부 알게 되었습니다. 물론 그 비전은 수십 초만에 사라졌습니다. 필사적으로 메모했지만 휘갈겨 쓴 글자들이 모두 뭉개져서 알아볼 수 없는 지경이었지요. 아무렴 상관없었습니다. 스스로 이 글을 완성할 수 있으리라는 확신을 가지게 되었으니까요. 실제로 그 비전을 본 후 저는 단숨에 레비나스론을 완성했습니다.

탈고한 원고를 들고 출판사로 찾아갔더니 편집자가 곤란한 얼굴로, 섭외한 저자 스무 명 중에 어느 한 명도 마감일까지 탈고하지 못해서 기획이 무산되었다는 비보를 전했습니다. 하지만 그럼에도 저는 원고를 다 썼으니 시리즈가 아닌 단행본으로 출간하자고 제안했습니다. 그렇게 초판 2천 부를 찍어서 조용히 세상으로 내보낸 책이 『레비나스와 사랑의 현상학』[4]입니다. 레비나스의 『곤란한 자유』 번역을 처음 시작했을 때가 딸이 아직 아기이던 시절이었으니, 그로부터 십수 년이 걸려 레비나스에 대해 '조금 알게 된 것'으로 책을 낸 셈이지요. 이건 제 철학사적 지식이나 프랑스어 독해력 향상의 결과물이라기보다는 제가 이런저런 인생 경험을 해 본 덕에 조금이나마 '어른'이 되었기 때문이라고 생각했습니다.

저 스스로 '학문을 업으로 하는 사람'이 되었다고 생각한 때나 계기가 있었느냐, 있었다면 언제였느냐고 물었지요? 이렇게 돌이켜 보니 그런 순간이 한 번만 있었던 건 아니네요.

10 지적 흥분과 지성의 작동

한국에 번역 출간되는 일본 학자의 책이 적은 것은 아닌데, 선생님 책은 유독 꾸준히 번역되어 읽히고 있습니다. 왜 그럴까 생각해 보니, 아마도 선생님의 독특한 관점 때문이 아닐까 싶더라고요. 막힌 데 없이 사통팔달하는 기개가 느껴진다고 할까요. 선생님만의 대체 불가능한 관점이 있다면 이 관점을 뭐라 설명할 수 있을까요? 그리고 이 관점이 어떻게 만들어졌는지 궁금합니다. 선생님 관점이 확장되고 변화하는 데 영향을 준 책이나 인물, 사건, 계기가 있으셨나요?

개성 있는 저의 관점이라는 게 과연 뭘까요? 그런 것이 있다면 그건 제가 집단의 퍼포먼스를 향상시키려면 어떻게

하면 좋을까를 늘 고민한다는 점이 아닐까 싶습니다. 예전에도 이런 이야기를 한 적이 있는데, 저는 '지성'이란 집단적으로 발현하는 것이라고 봅니다. 집단 안에서 활발한 대화가 오가고 이론이 난무하고 계속해서 새로운 아이디어가 나오는 것이 '지성의 작동'이고, 이런 일은 개인 혼자서는 좀처럼 달성할 수 없습니다. 없다고 단언할 수는 없겠지만 어려운 일임은 분명하지요.

그러니까 어떤 사람이 지성인이냐 아니냐는 '그 사람 덕분에 주변 사람의 지성이 활성화되고, 그 덕에 새로운 시점에서 새로운 아이디어가 계속 나오는 상태'가 생기는지 아닌지로 평가해야 하지 않을까 생각합니다. 그 한 사람이 가진 지식과 정보량이 얼마나 많고, 얼마나 두뇌 회전이 빠른지가 기준이 아니라는 거죠. 집단의 지적 퍼포먼스를 향상해 나가는 사람이 지성인이라고 저는 생각합니다.

이 말은 반대 상황을 떠올려 보면 더 쉽게 이해할 수 있습니다. 머리가 굉장히 좋고 달변이지만 그 사람이 나타나면 그 바람에 주변이 조용해지고 오가던 사고가 정지되고, 그 사람 이외에는 누구도 새로운 아이디어를 내지 못하는 일이 일어나면 그 사람은 지성인이 아니라고 저는 판단합니다. (실제로 그런 사람이 적지 않지요. 이런 일도 자주 일어납니다.) 지성이라는 것은 개인에 속하는 것이 아니라 집단을 통해 발동하는 것이기 때문입니다. 적어도 저는 그렇게 생각합니다.

그래서 저는 독자를 지적으로 흥분시키는 것을 목표로 글을 씁니다. 지적 흥분은 글이 다루는 내용에 관해 곧바로 독창적이고 새로운 아이디어가 떠오르는 식으로 일어나는 게 아닙니다. 이전까지 비교적 조용하고 불활성화되어 있던 뇌의 어느 부위에 '전기'가 통해서 갑자기 뭔가가 하고 싶어지는 상태에 가깝지요. 즉 책을 읽다가 '아! 그렇지!' 하며 벌떡 일어나서 냉동실에 얼려 둔 재료를 가지고 요리를 하고 싶어진다거나 방 청소를 시작하거나 옛 친구에게 편지를 쓰고 싶어지거나 베란다 문을 열고 나가서 차가운 맥주를 마시고 싶어지는 반응이 생긴다면 그것이 지적으로 흥분했다는 증거입니다. 저는 독자들이 그렇게 반응했으면 합니다. 그 흥분이 이후 어떤 식으로 전개될지는 알 수 없지만 어찌 됐든 이전까지 비교적 조용하고 불활성화되어 있던 독자의 뇌 어느 부위에 전기가 통해서 심장이 세게 고동치기 시작하면 좋겠다고 생각합니다.

물론 이건 저를 지적으로 흥분시킨 책을 읽었을 때 제가 경험하는 일입니다. 제게 가장 자주 나타나는 반응, 그러니까 제 지적 흥분의 증거는 사실 화장실에 달려가는 것으로 나타납니다. 왜 그런 건지는 저도 잘 모르지만, 저의 경우 지적으로 흥분하면 갑자기 소화기 계통의 활동이 활발해집니다. 속을 비우고 싶어지죠. 심장이 두근두근하기도 하고 심호흡을 크게 내쉬기도 합니다. 전부 신체적인 반응입니다. 지적으로 흥분하면 신체가 '살아 움직입니다.' 지성이란 것은 본래 이런 것이라고 생각합니다. 심신의 모든 것이 단숨에 활성화되는 강한 자극을 받게 된다는 의미입니다.

저는 '지성적인 책'을 쓰고 싶습니다. 독자가 책을 읽다가 갑자기 일어나서 방 안을 빙글빙글 도는 등 뭔지 잘 모르는 반응을 보이게 되는, 말하자면 독자의 몸과 마음에 직접 '닿을 수 있는' 책을 쓰고 싶습니다. 그런 직접적인 반응을 목표로 글을 쓰지요. "나는 이렇게 생각한다. 이걸 어떻게 받아들이는가는 당신들 자유다"와 같은 쿨한 태도는 취할 수가 없습니다. "저는 이렇게 생각합니다만 당신은 어떻게 생각합니까? 제 글을 읽고 어떻게 느꼈는지요?"라고 독자의 소매를 붙잡고 좀처럼 놔주지 않는 편에 가깝습니다. 글을 쓴 저와 글을 읽은 독자의 '공동 작업'으로 비로소 집단의 지적 퍼포먼스 향상이 이루어질 테니까요.

제가 세상을 읽어 내고 묘파하는 관점은 그다지 이단적이거나 특수하지 않다고 생각합니다. 정치에 관해 말할 때 주로 쓰는 어휘꾸러미도, 음악과 영화·문학 평론을 하며 사용하는 어휘도 비교적 보통이지요. 여러 매체로부터 기고 의뢰를 받는 이유도 제 이야기가 비교적 보통이기 때문이라고 생각합니다. 단, 제 문체만큼은 그다지 보통이 아닙니다.

저는 '읽기 쉬움'(한국어로는 흔히 '가독성', 영어로는 'readability')을 아주 중요하게 생각합니다. 앞서 쓴 것처럼 독자의 소매를 붙들고 "읽어 주세요"라고 간청하는 문체를 구사한다는 의미이지요. '여하튼 읽어 주길 바랍니다. 도중에 멈추지 말고 꼭 마지막까지 읽어 주세요'라는 식으로요. 그러려고 문체를 궁리합니다. 특히 보통 사람이 별로 말하지 않는 '이상한 이야기'를 쓸 때는 신경을 더 많이 씁니다. 뭐가 됐든 이상한 이야기일 테니까요. 이런 경우, 처음 몇 줄을 읽고 '아, 그 이야기구나' 하고 독자가 다음 이야기를 알아 버리는 경우는 없습니다. 대개 '어떤 이야기인지 잘 모르겠다' 같은 상태에 놓입니다. 불안정해서 어쩐지 마음이 놓이지 않고 경우에 따라서는 불쾌하기도 할 겁니다. 그런데 여기서 책을 덮어 버리면 곤란합니다. 마지막까지 읽지 않으면 제가 어떤 이야기를 하려고 하는지 전할 수가 없으니까요. '작가가 무슨 말을 하고 싶은지 잘 모르는 채로 무심코 마지막까지 읽고 말았다'는 게 제가 실현하고자 하는 겁니다. 그러려면 독자의 '몸'에 가닿지 않으면 안 됩니다. 두뇌가 아닙니다. 뇌는 '잘 모르겠으니 그만 읽자' 같은 판단을 내리거든요. 합리적인 판단입니다. 반면 몸은 '잘 모르겠지만 어떤 흐름에 휘말려서 다 읽고 말았다' 같은 '불합리한 일'을 할 수 있습니다. '어떤 흐름에 휘말려서 무심코'가 읽기 쉬움(가독성)의 핵심입니다. 그러려면 독자와 '호흡'을 맞추어야 하고요.

알기 쉬운 내용이라면 문장을 길게 늘여도 독자가 따라와 주지만 까다로운 이야기의 경우는 그러기 어렵습니다. '짧은 한숨 돌림'을 중간중간 넣지 않으면 '독자의 폐활량'을 넘어 버리고 맙니다. 앞에서도 한 번 언급했던 '지적 폐활량'이라는 말은 글 읽는 도중에 만나는, 의미를 전혀 알 수 없는 문장을 견디고 계속 읽어 낼 수 있는 시간의 한도를 의미합니다. 이것은 훈련으로 꽤 길게 늘일 수 있습니다. 앞에서 제가 레비나스를 처음 접한 경험에 관해 말씀드렸지요? 그건 제 폐활량을 극적으로 증대시킨 경험이었습니다. 의미를 모르는 이야기가 수 페이지 계속되어도 평상심을 유지할 수 있는 단계까지 제 폐가 커졌습니다. 폐활량 증가를 훈련으로 충분히 커버할 수 있다는 방증이지요.

물론 이제 막 읽기 시작한 직후라면 독자의 폐활량을 크게 기대할 수 없습니다. 그러므로 까다로운 이야기는 짧게 자르고 “지금 이 이야기는 좀 어려우셨죠?” 같은 식의 코멘트를 첨부합니다. 아무리 알기 어려운 이야기라도 중간에 “알기 어려우셨죠?”라는 말을 들으면 독자는 한숨 돌립니다. ‘아, 필자도 자기 말이 어렵다는 사실을 자각하고 있구나. 어려운 이야기를 하는 것 치고는 혹은 이야기를 어렵게 하는 것 치고는 그래도 꽤 알고는 있네’ 하고 생각해 주는 겁니다. 그러면 이야기를 조금 더 진행해도 따라와 줍니다. 그렇게 거리를 조금씩 좁히다 보면 독자의 폐활량도 점점 늘고, ‘아, 이 사람이 말하고 싶은 게 혹시 이건가?’ 하며 제 이야기에 점차 호흡을 맞추어 줍니다. 여기까지 따라와 주면 이제부터는 괜찮아지죠. 이게 바로 ‘독자를 향한 친절한 마음’인데, 이 요소야말로 내용이 어려우면 어려울수록 없어서는 안 되는 것이라고 생각합니다.

세상에는 “알아듣는 사람만 알면 된다. 읽고도 모르면 그 사람은 나와는 인연이 없는 중생이다”라고 말하고 독자를 내팽개치는(혹은 내버려 두는) 작가가 있습니다. (철학자

중에는 이런 유형의 작가가 많습니다.) 그런데 그건 그 자체로 꽤 전략적인 태도이기도 해서, 이런 박정한 태도를 접하면 '그렇다는 거지? 그럼 나도 죽을 각오로 한번 따라가 볼 테야!' 같은 마음을 먹는, 지기 싫어하는 독자가 나오기도 합니다. 작가도 이걸 알고 있으니 '굳이 읽지 않아도 된다'는 태도를 취하는 거겠죠. 그런데 저는 그런 전략적인 태도를 취하지 않습니다. 굉장히 직접적이죠. 독자를 향해 올곧게 "읽어 주세요. 부탁입니다" 하고 간청합니다.

제가 책을 쓰는 건 제 지적 위신을 높이거나 인세를 축적해서 재규어 세단이나 한 대 사 보려는 목적이 아닙니다. 제 글을 읽고 지적으로 흥분하는 독자를 한 사람이라도 더 만나고 싶기 때문이지요. 그런 이들과 협력collaboration해서 집단의 지적 퍼포먼스를 향상해 문화적으로 풍부한 사회를 만들고, 모두가 지혜를 내어 인류가 맞닥뜨리는 다양한 곤란과 불행을 극복해서 집단으로서 살아남고 싶다고 바라기 때문입니다. 요약하자면 '함께 즐겁게 살자'는 겁니다. 그러려고 글을 씁니다. 물론 이런 초등학교 급훈 같은 것을 목표로 글 쓰는 사람은 이 세상에 별로 없을지도 모르겠네요.

11 무도와 수행

선생님은 오랫동안 학문을 업으로 하셨지만 무도도 꾸준히 수련하셨지요. 동양 지식인이 갖춰야 할 전통 덕목이라는 '문무'를 모두 겸비했다고 할 수도 있겠습니다. 그래서 선생님을 '전방위 지식인'이라고 부르는 한국 언론도 있습니다. 선생님께서 생각하시는 '문'文은 무엇이고 '무'武는 무엇인가요? 선생님 안에서 '문'과 '무'는 어떻게 연결되고 있나요?

제가 합기도를 시작한 건 대학을 졸업하고 잠깐 무직 상태로 방황하다가 '이대로는 안 되겠다'고 느꼈던 때입니다. 제 마음대로 살며 가끔 아르바이트로 생활비를 버는 것뿐인 생활이었지만 매일이 꽤 즐거웠지요. 이런 생활도 나쁘

지 않다고 생각했습니다. 고등학교, 대학교 때의 친구들은 모두 취직해서 열심히 일하고 있을 때였습니다. 그들을 보면서 '틀에 박힌 삶을 살고 있구나' 하며 조금은 내려다보는 시선을 가지고 있었습니다.

그러다 문득 타인을 비판하고 다른 사람을 경멸함으로써 내 인격을 띄우는 삶의 태도는 조금 문제가 있다는 생각이 들기 시작했습니다. 일찍이 니체는 '거리의 파토스'das Pathos der Distanz가 필요하다고 이야기했지요. 거리의 파토스란 타인을 경멸하고 '나는 저 녀석들과 달라' 같은 거리감을 버팀목 삼아 자기존중감을 지키는 삶의 방식을 의미합니다. 니체는 그것이 '초인으로 향하는 길'이라고 말했지만 저는 '아니, 그건 잘못된 생각이야' 하고 여겼습니다. 타인을 비판만 할 것이 아니라 스스로 뭔가 '옳은 것'을 쌓는 삶을 살고 싶어졌습니다.

그 무렵 지유가오카 거리를 걷다가 합기도 도장 앞을 지나간 날이 있었습니다. 유리문 너머 도복을 입고 서로 메치기 기술과 굳히기 기술을 걸고 있는 사람들이 보였지요. 호기심에 이끌려 들여다보자 친절해 보이는 청년이 들어와서 살펴보라고 저를 맞아 주었습니다. 그 청년이 합기도가 무엇인지 설명해 주었고, 이야기를 듣던 중에 "입문하겠습니다. 내일부터 오겠습니다" 하고 대답했습니다. 물론 막 입문했을 때는 합기도가 어떤 무도인지 알지 못했습니다. 다만 지나가던 제게 합기도가 무엇인지 정성스레 설명해 준 청년의 말투로부터 이 도장이 무도 도장으로서는 예외적으로 예의 바른 곳이라는 것을 알았습니다. 이전까지 그런 도장을 본 적이 없었으니까요. 대입 재수생 시절에 집 근처 도장에서 가라테에 입문해 1년 정도 수련하고 대학에 입학해서 가라테부에 들어간 적이 있습니다. 도중에 탈퇴하고 소림사권법 도쿄지부에 잠시 다녔는데, 거기서도 도중에 그만두고 또 다른 큰 가라테 도장으로 견학을 갔지요. 새로 온 사람에 대한 응대가 너무 나빴던 탓에 입문할 마음이 사라졌거든요.

이렇게 몇몇 도장을 전전했지만, 모두 열심히 수련하면서 견학 온 초심자에게 높임말로 먼저 말을 건네고 자신들이 수련하는 것이 무엇인지 정성스럽게 설명해 준 도장을 저는 이전에는 한 번도 본 적이 없습니다. 기술을 가르치는 상급자가 초심자를 상대로 말을 높이는 경우도 잘 없지요. 이 도장의 문하생들은 자신들이 배우고 가르치는 기술에 일종의 경의를 품고 있는 듯했습니다. '사범께 아주 중요한 것을 배웠다. 그러니 그것을 초심자에게 전할 때도 정성스러워야 한다. 기술을 걸 때도 '나'를 전면에 내세워 기술을 왜곡하거나 변형해서는 안 된다. 사범에게 배운 대로, 무엇을 추가하거나 빼지 않고 정성스럽게 다루어야 한다.' 이런 것을 세심히 살피는 도장이었습니다.

그런 장소에서 사람들은 기본적으로 무언無言으로 움직입니다. 때때로 손을 멈추고 선배가 후배에게 기술의 '이합'理合을 가르칩니다. 이때 '이합'이란 기술을 성립시키는 원리·원칙을 의미합니다. 기술의 의미를 잘 모르는 사람을 상대로 가르치는 셈이니 선배들은 각자 자신의 수련 경험을 살려 최선을 다해 설명합니다. 자신의 내면을 살피면서 적절한 말을 찾는 사람은 고함을 지르거나 꽥꽥 야단치지 않습니다. 보다 '내성적'인, 말하자면 자기반성의 말투를 사용합니다.

그 지유가오카 합기도 도장과 이전에 제가 경험했던 도장이 왜 그렇게 분위기가 달랐는지 그때는 잘 몰랐습니다. 그저 그 도장이 무도장으로는 아주 예외적으로 신사적인 곳이라는 사실만 느꼈을 뿐이지요. 시간이 꽤 지나고 난 뒤에야 그 '내성적'인 분위기가 다다 히로시 선생님이 당신의 스승인 우에시바 모리헤이植芝盛平 선생님으로부터 배운 사상과 기술을 가능한 한 훼손하지 않고 문하생에게 그대로 전달하는 것을 사명으로 삼은 덕에 나온 것이라는 사실을 알게 되었습니다.

사제관계란 본래 조용하고 온화하고 세밀한 것임을 저는 이 도장에서 처음으로 알았습니다. 다다 선생님을 만나서 '스승 밑에서 배우는' 삶의 방식을 깨우쳤습니다. 삶에 우왕좌왕하던 당시의 처로서는 구원을 받은 셈이지요. 선생님께 정말 많은 것을 배웠습니다. 여기서는 선생님께 배운 것 중에 특별히 두 가지 말씀만 소개하겠습니다.

먼저, 입문하고 얼마 지나지 않았을 때 다다 선생님으로부터 "타인의 기술을 비판해서는 안 된다"는 말씀을 들었습니다. 의아했지요. 그때까지 저는 계속해서 타인을 비판하고 그것을 자양분 삼아 살아왔기 때문입니다. 그래서 질문했습니다. "왜 비판하면 안 되는지요? 타인의 기술적인 결점과 마음가짐에 관해 그 옳고 그름을 왈가왈부하는 것이 어디가 잘못되었습니까?" 저는 정말 알지 못했습니다. 합기도에서도 타인의 기술을 비판하는 것을 버팀목으로 삼고 '저런 실패를 하지 않도록 노력하면 된다'라고 생각해 왔으니까요. 그러자 다다 선생님은 벙긋 웃으시면서 "다른 사람을 비판해서 합기도를 잘하게 되는 것은 아닙니다. 비판해서 잘하게 되는 거면 나는 아침부터 저녁까지 다른 사람 기술을 비판만 하겠지"라고 말씀하시고 자리를 떠나셨습니다. 순간 너무 놀랐고 눈앞의 안개가 걷히는 느낌이 들었습니다. '그렇구나.'

그때부터 저는 타인의 기술을 비판하고 상대적인 우열에 대해 말하는 것을 그만두었습니다. 학술 연구에서도 태도를 바꾸었지요. 이후로는 타인의 주장과 학문論을 비판하지 않게 되었습니다. 물론 때때로 너무 심하게 틀렸으면 참지 못하고 "그건 틀렸어"라고 내뱉는 경우가 있기는 했지만요. 이후로 저는 학문의 장에서든 그 이외 어떤 영역에서든 누구와도 논쟁 같은 것을 한 적이 없습니다. 해 봐도 소용없으니까요. 다다 선생님의 말씀처럼 논쟁해서 학문적으로 성장한다고 하면 아침부터 저녁까지 타인의 주장과 학문에 싸움을 걸고 있을 겁니다. 하지만 논쟁에 이겨서 학문적으로 성장하는 일은 없습니다. 자신의 주장과 학문이 옳다는 것을 인지하면 자설自說에 여지없이 주저앉게 됩니다. 논쟁에서 한번 이기고 나면, 나중에 그게 틀렸다(혹은 불충분했다)고 말하면서 전언철회하는 일에 강한 심리적 저항이 생깁니다. 그건 학술 연구자에게 꽤 치명적입니다.

반복해서 말하지만, 본래 과학적 가설이라는 것이 가설을 제시하고 반증 사례를 만나서 그 상황까지 설명할 수 있는 포괄적인 가설로 앞선 가설을 고쳐 쓰는 작업의 반복이기 때문입니다. 과학은 자신의 가설을 계속 고쳐 쓰며 진보했습니다. 또 한 번 강조하지만, 학술 활동을 하는 이에게 최대의 기쁨은 자신의 가설을 뒤엎는 반증 사례를 타인에게 지적받기 전에 스스로 발견하는 것입니다. "내가 틀렸다" "내가 중요한 것을 놓치고 말았다" "내가 미숙했다"라고 커밍아웃하는 것은 학문하는 사람이 조금도 부끄러워할 일이 아닙니다. 오히려 자랑해야 할 일입니다. 이 점에서 무도를 수련할 때와 학술을 연구할 때 제 마음 자세는 완전히 같습니다. 그 점이 저에게 있어 '문무양도'文武兩道라고 생각합니다. 연속적인 자기 쇄신을 목표로 하는 것입니다.

학술에서 제 전공 분야는 20세기 프랑스 철학과 문학입니다. 지금까지 모리스 메를로 퐁티·모리스 블랑쇼·에마누엘 레비나스·알베르 카뮈에 관해 논문과 저작을 발표했습니다. 레비나스에 관해서는 학술서를 몇 권 번역하고 제 저서를 세 권[5] 집필했습니다. 당연한 말이지만 제가 전공하는 분야에도 많은 연구자가 있고, 그 가운데는 저의 주장과 학문을 비판하는 사람도 있습니다. 그런데 저는 그 어떤 분과도 논쟁한 적이 없습니다. 지적받은 것이 옳으면 "그렇군요" 하고 수긍하고 반대로 지적받은 것이 틀렸으면 그냥 상대하지 않습니다. 양쪽 모두와도 논쟁할 필요는 없습니다.

합기도 수련을 할 때 누군가로부터 "너의 합기도 이해는 틀렸다"라는 말을 들어도 똑같습니다. 그 지적이 적절하다고 생각하면 수련 방법을 수정하고 그 지적이 적절하지 않다고 생각하면 그냥 넘어갑니다. "아니, 내가 이해하는 합기도는 당신이 말하는 것과는 달라" 하며 논쟁해도 아무 의미가 없습니다. 제가 '합기도의 본질'이라고 생각하는 것은 그 시점에 제가 내린 잠정적인 '가설'이므로 수련을 거듭하면서 조금씩이긴 하지만 새로운 가설로 고쳐 쓰기를 합니다. 수행修行이란 자기 자신을 연속적인 변화 속에 두는 일입니다. 이런 일을 제 연구에서도 실천하고 있습니다. 이것이 제 기준의 '문무양도'입니다.

선생님께 들은 또 다른 인상적인 말씀은 "제가 도장을 열면서 마음에 새겨 두어야 할 것이 있으면 가르쳐 주십시오"라고 했을 때 들었습니다. 이때도 빙긋 웃으시면서 "이상한 녀석이 올 거야"라고만 하셨습니다. 이 말의 의미도 저는 오랫동안 알지 못했습니다. 물론 선생님이시라면 "이상한 녀석이 올 테니까 방범과 안전 대책을 철저히 해라"라든지 "면접을 제대로 봐서 이상한 녀석이 입문하려고 하면 거절하라"라는 말은 하실 리 없었을 테지만요. 계속해서 그 말씀이 신경 쓰였습니다. 그러다가 몇 년인가 지나고 나서 문하생들과 환담을 나누는 자리에서 각자 입문한 동기를 밝힌 때가 있었습니다. 문하생 태반이 "사는 방식을 바꾸려고" 문을 두드렸다고 이야기했습니다. "일이 제대로 되지 않아서" "집에 있는 것이 괴로워서" "학교에 가고 싶지 않아서"와 같은 이유로 삶이 힘들어진 이들이 "지푸라기라도 잡는" 심정으로 입문했다고 말했지요.

'그렇구나, 그랬구나, 그렇지' 하며 무릎을 쳤습니다. 생각해 보면 제가 그랬습니다. 인생에서 길을 잃고 헤매다가 삶의 방식을 바꾸었을 때, 누군가를 스승으로 삼고 그 스승이 제 마음가짐을 송두리째 바꾸어 주기를 기대하고 합기도에 입문했지요. 그러고 보면 '이상한 녀석'은 '저 같은 녀석'이었습니다. "삶의 방식을 바꾸려고 지푸라기라도 잡는 심정으로 입문하는 사람들이 있다. 그런 사람들이야말로 정성스럽게 지도하도록……" 아마도 선생님은 이런 가르침을 주신 걸 겁니다.

무도 수련의 목표는 '천하무적'입니다. 물론 그 목표에 도달할 수 있는 무도가는 거의 없습니다. 그럼에도 누구든 그 목표를 향한 일념으로 수련합니다. 99퍼센트의 수련자는 도중에 수명이 다해 목표에 한참 미치지 못한 곳에서 숨이 끊어지지만 그건 조금도 애석한 일이 아닙니다. 목표의 방향만 옳으면 그 여정의 어디에서 끝나든 상관없으니까요.

지금 제게는 이백 명 정도의 문하생이 있습니다. 제가 그들에게 가르치는 것은 상대방을 메친다거나 판을 끝낼 수 있는 구체적인 신체 기술이 아닙니다. '목적지'입니다. 어디를 향할 것인지를 가르치는 것, 그것이 다입니다. 사제관계는 제가 제자들보다 강하거나 빠르거나 기술이 뛰어나서 성립하는 것이 아닙니다. 사제관계의 형태를 결정짓는 것은 그런 구체적인 기술 차이가 아닙니다. 만약 그렇다면 저는 늘 제가 그들보다 강하고 빠르고 기술이 뛰어남을 과시해야겠지요. 아주 역설적이지만, 기술 면에서 이 '비대칭성'을 유지하는 가장 효율적인 방법은 제자가 어떻게 해서든 저보다 잘하지 못하도록 가르치는 겁니다. 상대적인 우열을 유일한 '잣대'로 사제관계를 구축하면 아무래도 그렇게 됩니다. 무의식중에 제자의 성장을 방해하는 교수법을 취하게 됩니다. 저는 그렇게 가르치지 않습니다. 가능하면 문하생 전원이 저보다 강하고 빠르고 기술이 뛰어나기를 바랍니다. 자신을 넘어서는 제자를 기르는 것, 그것이 교육의 개방성이고 풍요로움이라고 생각합니다.

만약 강함과 빠름과 뛰어난 기술이 사제관계를 가르는

기반이라면 스승이 나이를 먹어 운동 능력이 떨어지면 우열 관계가 역전됩니다. 어느 순간 제자는 '이 스승으로부터는 배울 것이 없다'며 떠나겠지요. 무도의 사제관계는 그런 것이 아닙니다.

'문'과 '무'의 의미와 연관성에 관해 질문했지요? 대답이 좀 길어졌지만 아마도 답이 되었으리라 생각합니다.

IV 왜곡된 배움

12 '진정한' 자아와 아이덴티티

한국의 젊은 세대 대다수는 자신이 좋아하는 일 찾기를 중요한 과제로 여깁니다. 그러려고 자아 찾기, 즉 '나는 누구인가'라는 생각을 깊게 하기도 하지요. 실은 청소년기에 들어서면서부터 정체성 찾기가 중요하다는 이야기를 여러 번 듣습니다. 그러면서 진정한 자기, 자기다움에 관한 고민을 본격적으로 시작하기도 합니다. 선생님께서 아이들의 '성숙'과 관련해 쓰신 『복잡화의 교육론』[6]이라는 책이 2022년 일본에서 출간되어 큰 반향을 불러일으켰다고 들었습니다. '복잡화'라는 말은 한국 독자에게는 익숙하지 않은데요, 어떤 의미이고 책을 통해 어떤 메시지를 전하셨는지 듣고 싶습니다.

『복잡화의 교육론』은 '사람이 성숙해진다는 것은 복잡해진다는 것이다'라는 가설을 세우고 교육을 논한 책입니다. '복잡화'란 말 그대로입니다. 아이들은 지성적·감성적·영성적으로 성숙함에 따라 표정이 풍부해지고, 어휘가 증가하고, 상대와 화제에 따라 목소리의 깊이와 높이가 변하고, 무엇보다도 말할 때의 어휘꾸러미가 복잡해집니다. 더듬거리고 놀라고 전언철회를 하고, 보다 적절한 말을 찾아 같은 주제에 관해 말하기를 반복하고, 말투를 조금씩 바꾸어 이야기할 수 있게 됩니다.

저는 자신이 생각하고 느낀 것을 큰 목소리로 확실하게 말하는 것을 좋은 것이라 생각하지 않습니다. 그건 어쩌면 자기가 이전에 입에 한번 담았던 말에 주저앉는 것이나 매달리는 것과 같습니다. 앞에서도 비슷한 이야기를 했지만, 성숙해진다는 것은 연속적인 '자기 쇄신'을 이루는 일입니다. 쇄신, 즉 묵은 것을 버리고 새로워지려면 이전까지 한 번도 떠오른 적 없는 사념과 한 번도 느껴 본 적 없는 감정을 품는 것을 가장 우선시해야겠지요. 그런데 그런 새로운 사념과 감정을 표현할 수 있는 단어는 자신이 기존에 가지고 있던 어휘꾸러미 안에는 없습니다. 그러므로 그 단어를 손수 찾으면서 말할 수밖에 없겠지요. 당연히 확실하고 큰 목소리로는 말할 수 없을 겁니다. 작은 목소리로 중얼거리듯 더듬거리면서 말하는 게 당연합니다.

아이들의 성숙을 지원하는 교육은 그들이 복잡해져 가는 것을 기쁘게 받아들여야 합니다. 『복잡화의 교육론』에서 제가 특히 강조한 것은 '자기다움'이라는 것에 매달리면 안 된다는 것입니다.

일본의 학교 교육에서는 언젠가부터 '자아 찾기'라는 말을 요란하게 떠들기 시작했습니다. 아마도 1990년대부터였던 것 같습니다. '진정한 자아를 찾는 것'이 인생의 목적이므로 교육은 아이들의 정체성 확립을 지원해야 한다는 생각이 학교 교육으로 들어왔지요. 그런데 아이들이 인생의 이른 시기에 '진정한 자아' '아이덴티티' 같은 것을 확립하는 게 정말 좋은 일일까요?

"士別三日, 卽更刮目相待"(사별삼일, 즉갱괄목상대)라는 오래된 말이 있습니다. 선비는 모름지기 사흘을 떨어져 있다가 만나면 눈을 비비고 다시 봐야 할 정도가 되어야 한다는 의미이지요. 이것이 동아시아의 전통적인 '성숙관'입니다. 사흘이 지나면 다른 사람이 될 정도로 연속적인 자기쇄신을 이루는 것이 목표라는 겁니다. '진정한 자기' 같은 것에 주저앉고 매달리는 것은 허용되지 않습니다.

"'진정한 자기'를 발견했을 때 인간은 비로소 최대의 성과를 낸다. 따라서 이후로는 죽을 때까지 쭉 그 '진정한 자기'인 채로 살면 된다" 같은 말은 인간에 관한 하나의 가설입니다. 특정 지역의 이데올로기일 뿐 '세계 표준'이 아닙니다. 특히 미국에서 이런 이데올로기가 지배적이지요. 많은 사람들이 '아이덴티티 폴리틱스'identity politics라는 개념에 속박되어 있습니다. 아이덴티티 폴리틱스는 인종·젠더·민족·성적지향성 등 특정한 정체성에 기초한 집단을 가장 중요한 정치 단위로 간주하는 사상을 의미합니다.° 정체성을 공유하는 집단이 모든 사회적 행동의 기본이 되어야 한다는 말은, 그 말만 들으면 당연하게 들릴지 모르겠지만 '공유된 정체성'으로 한 번 그 집단에 속한 사람은 그 정체성을 바꿀 수 없게 된다는 의미입니다. 그 사람에게는 그 집단이 정한 '우리 집단의 구성원이라면 이렇게 생각하고 느끼고

° '정체성 정치'라고도 하며, 집단 정체성을 기반으로 추진되는 배타적인 정치적 동원의 형식이다. 정체성 정치를 택한다는 것은 시민 대부분이 겪을 것으로 예상되는 보편적인 사회 문제보다는 특정 인종·젠더·민족·성적지향성·종교 집단이 경험하는 고유한 문제에 집중한다는 것을 의미한다. 따라서 정체성 정치를 수행할 때는, 각 개인이 그 집단을 규정하는 조건과 특성을 가지고 있거나 혹은 그 집단이라면 가질 법한 공통의 경험을 했는지 여부를 토대로 집단의 경계가 형성된다.

행동한다'는 정형을 따르는 것만 허용되지요.

예를 들면 아프리카계 미국인 집단에 속하는 아이가 프랑스 인상주의 작곡가인 드뷔시를 듣고 의식의 흐름 기법을 창시한 프랑스 소설가인 마르셀 프루스트를 읽고 아르누보 양식으로 유명한 영국 삽화가 오브리 비어즐리의 그림을 사랑하는 일은 거의 불가능할 겁니다. 그런 취향을 고집하면 아마도 그 정체성 집단으로부터 추방될 겁니다.

사회 내에 다양한 정체성 집단이 병존한다는 것은 그 사회가 '다양성'에 관용적이라는 사실을 보여 줍니다. 다만 정체성 집단 내의 구성원 한 명 한 명에게는 그만큼의 다양성이 허용되지 않습니다. 저는 그런 생각과 삶의 방식이 굉장히 부자유스럽다고 생각하지만, 대다수의 미국인은 '이것으로 된 거야. 이게 다양성이고 포섭이야' 하고 생각하는 것 같습니다.

'진정한 나'를 찾아서 평생 그것을 '연기'演技하는 것은 저에게는 좀 답답하게 느껴집니다. 저는 '진정한 나' 같은 것에 아무런 흥미가 없거든요. 있어도 그만, 없어도 그만입니다. 어제의 나와 오늘의 내가 똑같은 인간이라면 외려 살아갈 보람이 없지 않을까요?

저는 올해로 일흔넷이라 계속 신체 능력이 떨어지고

있습니다. 무릎 인공관절 수술 덕에 겨우 걸을 수 있게 된 고물이고, 매일 아침 네 종류의 약을 먹지 않으면 큰일이 나는 병든 몸입니다. '어제는 가능했는데 오늘은 할 수 없는' 애달픈 경험을 매일 합니다. 그런데 이렇게 노화함에 따라 세계가 다르게 보입니다. 생각도, 느끼는 방식도 바뀝니다. 저는 이것이 무척 즐겁습니다. 유아 때의 저 자신, 소년기의 자신, 중년의 자신, 지금 노인으로 있는 저 자신이 모두 제 안에서 생생하게 병존합니다. 유아의 순수함, 소년의 고양감, 중년의 안정감, 노인의 은근한 멋이 모두 제 '서랍' 안에 들어 있어서 필요하거나 적절한 때 끄집어내거나 섞거나 정리해서 사용할 수 있습니다. 늙는다는 것은 지금까지 한 번도 경험한 적 없는 심신의 상태를 경험하는 일이라는 의미에서 '자신을 풍부하게 하는 일'이라고 저는 생각합니다. 나이를 먹어서 자유로워졌다는 느낌이 듭니다.

다시 교육 이야기로 돌아와서 교사의 일은 아이가 점점 복잡화해 가는 것, 표정과 어휘와 발성이 바뀌어 '어제와는 다른 사람'이 되어 가는 모습을 기쁘게 관찰하는 것이라고 생각합니다. 아이를 결코 '틀'에 가두지 않는 것이지요. '틀'이라고 해도 좋고 '캐릭터'라고 해도 좋겠네요. 종종 아이들은 스스로 기존의 '틀'과 '캐릭터'에 들어가서 그 역할을 계속 연기함으로써 집단 내에서 살아남는 전략을 택할 때가 있습니다. 그런 태도는 살아남기 위한 방어기제로 적절하지요. 그런데 그 틀에 매달리기만 하면 연속적인 자기 쇄신이라는 성숙의 과정을 스스로 멈추어 버릴 위험성이 생깁니다. 이 사이에서 균형을 유지하는 것이 어렵습니다. 복잡화라는 영역에서 교육의 역할의 핵심은 바로 이 지점에 있다고 생각합니다.

'개성' '자기다움' '캐릭터'는 어디까지나 편의적인 개념입니다. 잠정적인 것이지요. 그런데 아이들은 그것 없이는 자기가 있을 곳을 마련하지 못하고 자신을 방어할 수 없습니다. '틀'과 '캐릭터'는 아이들의 자기방어를 위한 중요한 도구이기 때문이지요. 그런데 그 안에 계속 틀어박혀 있는 한 그 이상 성장할 수 없습니다. 어딘가에서 그 '틀'과 '캐릭터'를 버리지 않으면 안 됩니다. 그런데 그 틀을 버리는 순간 아이들은 갑각류가 성장하고자 자기 껍질을 벗어던질 때처럼 무방비 상태가 됩니다. 그것이 무서워서 아이들은 계속 틀 안에 머물려고 합니다.

교사의 역할은 바로 이때, 성장하고자 오래된 껍질을 벗어 던지고 다음 단계로 나아가려는 '상처받기 쉽고 부서지기 쉬운 상태'의 아이들에게 "네가 결코 상처받지 않도록 지켜 주겠다"고 다짐하고 "나는 네 성장을 축복한다"라고 말해 주는 일이라고 생각합니다. 그거면 충분합니다.

13 무엇을 배워야 하는가

선생님께서는 그간의 저서를 통해 교육에 시장 원리를 도입하는 것에 비판적인 시각을 여러 번 보여주셨습니다. "교육과 배움'을 '비용 대 효과'로 보면 안 된다' '교육을 비즈니스 용어로 말해서는 안 된다' '배우는 것은 물건을 구매하는 것과는 다르다' 같은 메시지를 낸 분을 그간 한국에서 찾아보기는 쉽지 않았습니다. 그런 만큼 선생님 글의 독자는 큰 충격을 받았지만, 여전히 한국에는 교육을 비즈니스 용어로 말하는 이들이 많습니다. 이런 사회문화적 상황에서 한국 독자에게 '지금 배워야 할 것' '지금 우리 교육에 필요한 것'이 무엇인지에 관한 말씀을 들려주셨으면 합니다.

진지한 질문을 받고 '판을 엎어 버리는 발언'을 하는 것 같아 죄송하지만 '지금 우리가 배워야 할 것'이라는 질문은 좀 잘못되었다는 생각이 드네요. 이번에는 조금 불편한 이야기를 해야 할 것 같습니다.

'배운다'는 것은 한마디로 '다른 사람이 된다'는 것입니다. 그래서 저는 '나는 배운다'는 식의 화법에 위화감을 느낍니다. 배움이 정말로 일어나면 '나'라는 주어는 더 이상 동일성을 유지할 수 없기 때문입니다. '오하아몽'吳下阿蒙이라는 고사성어가 있습니다. '오군吳郡에 있을 때의 여몽'이라는 뜻으로, 보통은 힘만 세고 머리는 못 쓰는 사람을 놀릴 때 사용하는 말이지요. 하지만 그 뒤에는 이런 이야기가 있습니다. 후한 말기의 군벌 손권은 무예는 뛰어나지만 학문에는 관심 없던 부하 장수 여몽에게 학문에도 힘쓰기를 권했습니다. 그러자 이를 받들어 여몽은 학문에도 힘썼고, 후에 오나라 도독都督 노숙이 여몽을 찾아가서 이야기를 나눴는데 이전과는 하늘과 땅 차이 수준으로 달라진 여몽의 탁월한 식견에 감탄했습니다. 이전까지는 단순한 무장에 지나지 않았던 여몽의 등을 치면서 "나는 이제껏 아우에게 무용과 군략만 있을 뿐이라고 생각했는데, 이제는 학식도 뛰어나 예전 오군에 있을 때의 여몽이 아니구려"〔吾謂大弟

但有武略耳, 至於今者, 學識英博, 非復吳下阿蒙〕라며 탄복했습니다. 그러자 여몽이 "선비는 헤어진 지 사흘이면 서로 눈을 비비고 다시 봐야 할 정도가 되어야 합니다"〔士別三日, 卽更刮目相待〕라고 대답했습니다. 이 대화에서 '오하아몽'과 '괄목상대'라는 말이 나왔습니다. '오하아몽'은 예전의 여몽처럼 무용만 있고 학식이 없는 사람을 가리키는 말이고 '괄목상대'는 학식이나 재주가 놀랄 만큼 향상된 것을 가리킵니다.

제가 어렸을 때는 때때로 이 이야기를 들려주는 어른들이 계셨습니다. 한데 어느 시기부터는 없어졌습니다. 이유는 단지 한문 서적의 지식을 중시하는 풍습이 사라졌기 때문이 아니라 '사람이 지적으로 성장하는 것은 다른 사람이 되는 일'이라는 식견이 사라졌기 때문이라고 생각합니다.

'지적 성장'이라는 말을 들으면 현대인은 아마도 지식의 양적 증대를 생각할 겁니다. '사람'으로서는 아무것도 바뀐 것이 없어도, 머릿속의 지식과 정보량이 증가한 상태를 '성장'이라고 부르는 것을 당연하게 여기기 때문이겠지요. 그러면 며칠 지나서 만나도 딱히 괄목할 필요가 없습니다. 그릇, 즉 사람은 똑같고 그 안에 든 내용의 양만 증가했으니까요. 하지만 그것은 '배움'이 아닙니다. 배운다는 것은

'그릇'이 바뀌는 일이기 때문입니다. 눈을 비비고 보지 않으면 같은 인물인지 확신할 수 없을 만큼 사람이 바뀌는 일입니다. 배움이 깊어지면 그 사람의 이야기가 바뀔 뿐 아니라 표정, 목소리, 행동, 옷을 여미는 방법까지 싹 다 바뀝니다.

여몽은 아마 배움이 깊어진 후에도 이전과 똑같이 탁월한 무인이었을 겁니다. 그러나 역사적으로 축적된 지혜를 열심히 익혔으니 싸우는 방식 면에서는 인간성에 관한 통찰로 가득한 장군으로 바뀌었을 겁니다. 단지 무사로서의 탁월한 능력에 학식이 산술적으로 더해진 것이 아니라 무사는 어떤 존재인가에 관한 사고방식 자체가 바뀌었을 겁니다. 전술은 한층 깊고 두터워지고 용병은 종횡무진 유능해져 단 한마디로 병사들의 마음을 장악하는 카리스마를 지니게 되었을 겁니다. 그렇지 않으면 괄목할 가치가 없었겠죠.

그런데 지금 우리는 '배움'이라는 말에 이런 전면적인 인간적 쇄신까지 기대하지는 않습니다. 죄송하지만, 제게 하신 '지금 우리가 배워야 할 것'이라는 질문에서도 '배움이란 배움의 주체가 다른 사람이 되는 것이다'라는 개념을 마주했을 때의 당혹 같은 것은 느낄 수 없었습니다. "우리'에게는 지적으로 '부족한 것'이 있고, 그것을 메우고 싶다. 그것을 메울 목록을 만들고 싶다'는 것이 "지금 우리가 배워야 할 것이 무엇이냐"는 질문의 취지라면 저는 그런 행위를 배움이라 부를 수 없습니다. 그것은 '보충'이지요. 보충은 같은 그릇을 유지하면서 내용물만 늘어나는 양상입니다.

언제부터 교육의 목적이 배움에서 보충으로 바뀌었을까요? 아마도 1970년대부터인 것 같습니다. 제가 어릴 때는 '아이는 배우는 과정을 통해 다른 사람이 된다'는 생각이 오히려 상식이었습니다. 그건 일본의 기간산업이 오랫동안 농업이었고, 그 탓에 교육에 대해서도 농업의 비유를 들어 이야기했기 때문이라고 생각합니다. 한국 사정도 크게 다르지 않겠지요.

아이들은 '종자'입니다. 흙에 뿌려지고 물과 비료를 주면 햇볕을 받으면서 큽니다. 태풍과 병충해로 인해 시들어 마르는 때도 있지만 다행히 살아남은 것은 가을에 열매를 맺고, 농부는 감사의 목소리로 그것을 맞이합니다. 오랫동안 이런 식물 비유로 교육을 이야기했습니다. 종자가 익어 열매가 되는 것처럼 교육의 목적은 '다른 사람이 되는 것'이라는 사실에 위화감을 느끼는 사람은 없었습니다.

그런데 농업에서 공업으로 기간산업이 바뀌면서 교육에 관한 어휘꾸러미도 공업적인 것으로 바뀌었습니다. 사람은 자신의 눈과 귀에 익은 시스템에 기초해서 현실을 기술하는 존재입니다. 이 시대의 어른들은 아이를 공장에서 제조하는 '제품'과 같은 것으로 보게 되었지요. 모은 원재료를 공정표에 따라 가공하고 거기에 여러 부품을 추가하고 컨베이어 벨트의 마지막 단계에서는 사양서에 나와 있는 대로 제품을 주문받은 개수만큼만 갖춥니다. 사람들은 교육도 이런 것이라고 믿게 되었지요.

기간산업의 변이가 교육에 직접 반영된다는 걸 저 스스로도 강하게 느낀 것은 1990년대에 '강의계획서'라는 것이 대학에 도입되었을 때입니다. 강의계획서에는 '이 수업의 이수가 끝나는 시점에 학생은 어떠한 지식과 기능을 익히는가'가 명기됩니다. 그 목적을 달성하고자 매주 교사는 무엇을 가르치고 학생은 무엇을 습득할지를 강의계획서에 상세히 쓰지 않으면 안 됩니다. 만약 그 주 강의계획서에 쓰인 것을 가르치지 않거나 강의계획서에 쓰지 않은 것을 가르치면 그건 '공정 관리상의 실수'로 페널티의 대상이 됩니다. 이 행태를 보고 저는 "지금 장난치나?!?" 하며 격노했습니다. 이전까지 저는 이렇다 할 계획 없이 교단에 서서 그때그때 생각난 것을 입에서 나오는 대로 이야기하는 식의 수업을 해 왔거든요. 그럴 수밖에 없었습니다. 제가 교단에 서기 시작했을 무렵 주도면밀하게 강의 노트를 준비해 교단에 서면 학생들은 왜인지 한 사람 두 사람 잠들고 말았습니다. 아무리 체계적으로 강의를 준비해도, 오히려 준비가 충분하면 할수록 학생들의 집중력은 떨어졌습니다. 어떻게 하면 좋을까. 고민에 빠질 수밖에 없었지요. 그러던 어느 날 학생들에게 제가 늘 이용하는 역 플랫폼에서 아침에 보고 들은 기묘한 사건 이야기를 꺼냈습니다. “자, 들어 봐. 이런 일이 있었어”라고 하면서요. 그러자 평소에는 교실 뒤에 무리를 지어 제가 교실에 들어서면 이미 엎드려 잘 준비를 하던 학생들이 얼굴을 들고 제 이야기에 빠져드는 게 아니겠습니까. 그때 깨달았습니다. ‘학생들은 ‘준비된 문장의 재생’이 아니라 ‘지금 여기서 즉흥으로 이루어지는 라이브 연주’를 듣고 싶은 거구나.’

수업이라는 것은 학생들이 들어주지 않으면 의미가 없습니다. 그렇다면 준비는 적당히 하고 그 자리에서 생각난 ‘신선도 높은 이야기’로 관심을 끄는 것이 학생들의 집중력도 높이고 따라서 교육 효과도 높이는 길이라는 것을 깨달았습니다. 그걸 알고부터는 쭉 그런 수업만 했지요. 그래서 매 학기 강의평가서의 ‘강의계획서 대로 수업했는가’ 항목에서는 늘 최저점을 받았습니다. 반면 나머지 항목에서는 거의 최고점을 받았습니다. 저의 이 경험을 보더라도 '철저한 공정 관리'와 '수업 만족도'는 통계적으로 상관이 없음을 알 수 있습니다.

그런데 이 이상으로 격노했던 일이 또 있었습니다. "강의계획서는 교사와 학생 사이의 '교육 상품 거래에 관한 계약서' 같은 것"이라는 말을 들었을 때입니다. 교육을 '상거래'에 비유하는 건 절대 금기입니다. 이런 기본조차 모르는 이들이 교육 제도를 설계하고 교육정책을 기안하고 있다는 생각에 저는 깊은 절망에 빠졌지요. 조금만 생각하면 알 수 있는 일입니다. 상거래에서는 소비자가 자신 앞에 놓인 상품에 대해 그 가치와 유용성, 가성비를 대략 알고 있다고 가정합니다. 설령 몰라도 알고 있는 얼굴을 하고 있지요. 점원의 소매를 붙잡고 "저는 이 상품에 관해서 아무것도 모릅니다. 좀 가르쳐 주세요" 하며 머리를 숙이는 소비자는 없고, 설명을 들은 후에 "고맙습니다" 하며 가볍게 인사하는 소비자도 없습니다. 모두가 상품에 대해 이미 다 알고 있다는 얼굴을 하고 있지요. 파는 사람이 '내 앞에 있는 이 소비자는 이 상품에 대한 욕망이 없다'고 생각하도록 하는 게 물건값을 깎는 데 유효한 전략이라고 생각하기 때문입니다.

교육이 상거래라면 이수 과목은 상품, 학습 노력은 화폐에 해당합니다. 학생, 즉 소비자는 최소한의 학습 노력으로 해당 과목을 이수할 의무를 갖게 되지요. 최저 가격으로 상품을 사는 것은 소비자의 권리이기보다 의무에 가깝습니다. 그렇지 않으면 수요와 공급의 균형에 기반해 형성되는 적정 가격이 책정되지 않아서 시장경제가 제대로 성립하지 않게 되니까요. 그래서 수업을 할 때도 만약 학생들이 '영리한 소비자'처럼 행동하면 교사는 가능한 한 '가르치고 싶은 욕망을 품지 않은 것'처럼 보일 의무를 지게 됩니다.

이러한 '무대 장치'가 배움에 백해무익함은 누구라도 알 수 있을 겁니다. 그런데 어느 시기부터 교육을 상거래 용어로 말하는 것이 보통이 되었습니다. 보호자와 학생은 '고객'이고 대학은 '점포'이며 '시장의 수요에 응해서 소비자가 선호하는 프로그램을 전개하는 것'이 학교의 일이라고 진지한 얼굴로 말하는 사람들이 학교 안팎을 가득 메웠습니다. 그렇게 해서 아시다시피 일본의 학교 교육은 괴멸 상태가 되었습니다. 아마 한국 교육도 별반 다르지 않을 거라 생각합니다.

교육을 상거래의 틀로 말하는 것의 가장 큰 문제는 '소비자는 변하지 않는다'는 것에 있습니다. 경제활동을 통해 소비자가 다른 사람이 되는 일은 결코 일어나지 않습니다. 마트에서 쇼핑하는 손님은 들어갈 때든 나올 때든 같은 사람입니다. 쇼핑 바구니 속의 상품만 증가할 뿐 물건을 구매한 사람은 지갑이 좀 얇아지기는 했겠지만 전혀 변한 게 없지요. 물건을 구매하기 전에 느끼던 '결여'는 상품 구매를 통해 '보충'될 뿐입니다. 가게 안에서 몇 시간을 보내든 며칠, 몇 년을 보내든 소비자가 결코 다른 사람이 되는 일은 없습니다. 아니, 다른 사람이 되어서는 안 됩니다. 입점 시점의 '결여'가 상품 구매로 '보충'되는 것 이상의 변화가 있어서는 안 됩니다. 쇼핑 바구니에 상품을 하나씩 넣는 것으로 소비자의 표정, 목소리, 사람을 대하는 태도, 어휘, 가치관, 욕망의 배치가 바뀌는 일은 절대 일어나지 않습니다. 일어나서는 안 됩니다. 이래서 배움을 '상거래에 비유'해 말해서는 안 되는 겁니다.

우리는 세상에 존재하는 것조차 몰랐던 학문을 '뜻밖에도' 배우고 마는 식으로 특정 학문들을 배웁니다. 적어도 여몽은 그랬습니다. 주군 손권에게 "국가 대사를 맡게 되었으니 학문을……"이라는 말을 들었을 때 여몽은 학문이 무엇이며 그것에 어떤 유용성이 있는지 몰랐습니다. (알았다면 그 말을 듣기 전에 배우기 시작했겠지요.) 손권의 그 한마디를 계기로 여몽은 공부를 시작해서 급기야 다른 사람이 되었습니다.

다시 한번 반복합니다. 배운다는 것은 배운 후에 배우기 전과는 다른 사람이 되는 것입니다. 배우기 전에는 자신이 무엇을 배우는지도 몰랐던 것을 배운 후에 회고적으로 알게 되는 것이 배움의 역동성과 개방성 그리고 풍요로움입니다. '지금 우리가 배워야 할 것'이 있다면 그것은 '세상에는 배움이라는 것이 있다'는 사실뿐입니다.

저는 무도와 노가쿠 등 몇몇 전통 예능을 배웠습니다. 배우기 시작한 지 합기도는 반세기, 노가쿠는 사반세기가 지났습니다. 배우기 시작한 때 저는 제가 앞으로 무엇을 배우게 될지 거의 아무것도 몰랐습니다. 제가 나중에 체득할 기술을 뭐라고 부르는지도 몰랐고, 이후에 다룰 수 있게 된 신체 부위를 감지하지도 못했습니다. '단전에 기를 모은다' '가슴을 떨어뜨린다' '손 안을 바꾼다' 같은 것을 그저 어느 날 할 수 있게 된 저를 발견하며 배웠습니다. 이런 것에 대한 '결여'가 선행되어 그것을 '메운 것'이 아닙니다. 이 세상에 그런 신체 부위가 있다는 것도, 그것을 다루는 기술이 있다는 것도 몰랐지만 수련을 거듭하다 보니 어느 날 할 수 있게 된 겁니다.

물론 수련에는 제대로 된 교육 체계가 있습니다. 그것은 '선도자를 따라가는 일'입니다. 단 어떤 경로를 더듬어 어디로 가는지, 언제 무엇을 익히는지 사전에 아무런 정보도 주어지지 않습니다. 그저 선도자의 등을 보면서 계속 걷는 것뿐입니다. 자신이 답파해야 할 여정의 어디쯤에 있는지, 목적지에 도달할 때까지 얼마큼의 세월이 필요한지 아무것도 모릅니다. 자신이 수행하는 의미를 서술할 어휘꾸러미도, 그 가치를 잴 수 있는 잣대도 본인에게는 없습니다. 바로 거기서부터 배움이 시작됩니다. 그것이 무도와 종교와 예능에서의 '수행'입니다.

제가 아는 한 서구의 언어에는 '수행'에 비견할 단어가 없습니다. 오랫동안 미국에서 좌선 지도를 해 온 어느 조동종° 선승에게 '수행'에 해당하는 영어 단어가 있냐고 질문한 적이 있지요. 선승은 없다고 대답했습니다. 'training'(훈련)도 'exercise'(연습)도 'practice'(실천)도 아닙니다. 이 단어들에는 그것을 이수함으로써 '무엇'을 달성하는지가 사전에 개시되어 있기 때문입니다. '수행'은 다릅니다. 답

° 중국의 조동종에서 유래한 일본의 불교 종파로, 조정과 막부 장군들의 열렬한 지지를 받아 크게 흥성했다.

파해야 할 전 여정을 한눈에 내려다볼 수 있는 '신의 시점'을 상상해서 거기서부터 자신의 지금, 여기를 말하는 것은 수행자에게 허락되지 않습니다.

저는 무도와 노가쿠 이외에도 폭포 수련 등을 '수행'해 왔습니다. 그리고 그 경험을 통해 이것이 교육 시스템으로 매우 훌륭하다는 것을 확신했습니다. 이 세상에 존재한다는 것조차 몰랐던 학지와 기능을 습득할 수 있다는 개방성과 풍요로움 안에 배움의 진수가 있다고 저는 확신합니다.

그런데 일본의 교육자 가운데 저의 이 생각에 동의해 줄 사람은 극히 드물 겁니다. 한국 사정도 다르지 않겠지요. 교육정책을 제언하는 정치가와 정책을 기안하는 관료 가운데는 아마 한 사람도 없을 것입니다. 한국도 마찬가지일 테고요. 그럼에도 저는 앞으로도 같은 주장을 계속해 나갈 생각입니다.

14 쓸모 있는 학문

최근 한국에서는 회수가 확실한 것에만 자원을 집중하는 경향이 짙게 나타나고 있습니다. 대학에서도 '교육 투자'에 대한 회수가 조속하고 확실한 학문 분야에만 한정된 자원을 경쟁적으로 배분하는 경향이 강해지고 있지요. 그 결과 불문과와 독문과가 줄줄이 폐과되고, 몇몇 사립대학의 경우 철학과까지 폐과하고 있습니다. 학문은 도구로 굴러떨어지고 도구였던 것이 학문으로 격상되는 일이 일어나고 있습니다. 취직을 위한 영어가 영문학을, 경영학이 경제학을, 임상의학이 기초의학을 방출하기에 이르렀습니다. 이런 현상이 사람들의 사고를 지배해서 상대적으로 '투자 회수'가 쉽지 않은 문과 계열 공부를 한 대학 졸업생들의 열패감이 높아지고 있습니다. 문과 출신이 좋은 직장을 구하거나 윤택한 생활을 하기 어려워지는 사회문화적 상황 탓이겠지요. 이런 영향 등으로 요즘 한국의 대학생들은 취업이 잘되는 학문, 이른바 실생활에 더 쓸모 있는 '실학'(실용학)을 선호하는 성향이 무척 강한 것 같습니다. 선생님께서는 이 '쓸모 있는 학문'에 대해 어떻게 생각하시는지요?

이번 질문은 '쓸모 있는 학문이란 무엇인가'이군요. 그런데 애당초 학문이란 걸 쓸모 있다거나 쓸모없다 같은 화법으로 말할 수 있을까요? 솔직히 저는 이런 질문을 진지하게 붙들고 숙고할 마음이 들지 않습니다. 이런 질문을 하는 이들은 겉으로는 일반적인 답을 얻으려는 것처럼 보이지만 실제로는 "그 학문이 나의 이익 증대에 유용합니까?" 같은 구체적 질문을 던지는 것이기 때문입니다. 그래서 좀 퉁명스럽더라도 "그런 걸 어떻게 알겠습니까?" 하고 대답하고 싶습니다. 무엇을 배울지는 스스로 판단하고, 판단의 옳고 그름에 대한 책임은 스스로 지는 수밖에 없습니다.

'쓸모 있다'는 개념에는 본래 일반성이 없습니다. 모든 학문과 기술의 유용성은 지역·기간 한정적이죠. 따라서 어떤 공간 및 기간 또는 역사적 경계를 벗어나면 유용했던 것도 더 이상 유용하지 않게 됩니다. 공간의 넓고 좁음, 기간의 길고 짧음에 따라 다소 차이가 있겠지만, 그야말로 정도 차이일 뿐입니다. 어떤 사람에게는 유용한 것이 다른 사람에게는 쓸모없거나 심지어 유해한 경우도 있습니다.

예를 들어 군수산업은 유용한가요? 이 물음에 즉각 답할 수 있는 사람이 얼마나 될까요? 병기를 개발하고 시장에 투자하고 그것을 통해 큰 이익을 얻는 기업과 그 기업의 주식을 사서 돈을 번 투자자와 그 기업으로부터 법인세를 징수해 국고로 거둔 국가와 그 기업에 고용된 종업원에게는 군수산업이 유용할 겁니다. 하지만 그 결과 병기의 기능이 향상되고, 수완 좋은 영업 활동으로 고성능 병기가 염가로 세계 곳곳에 널리 퍼지면 그 탓에 죽음에 쉽게 노출되는 쪽도 생길 겁니다. 집이 불타고 새로운 병기로 인해 가족을 잃은 이들에게 군수산업이 유용하냐고 물으면 긍정적인 답을 얻지 못할 겁니다.

원자력 발전은 유용한가요? 이것도 어려운 문제입니다. 앞으로 한국에 어떤 지진·해일·전쟁·테러도 일어나지 않고, 방사성 폐기물의 완전 처리 기술이 빠르게 확립되고, 전력 공급이 지금보다 높은 수준으로 변화해 간다는 조건이 모두 충족되면 원자력 발전은 유용할 수 있겠지요. 하지만 이 가운데 어느 하나의 조건이라도 충족되지 않으면 이 사업은 ‘무용함’과 ‘매우 유해함’ 사이 어딘가에 자리 잡을 겁니다. ‘유용물’이 갑자기 ‘유해물’로 바뀔 수 있는 일에 대해서 현 단계에서 그 유용성이나 가치를 논하는 것은 의미가 없습니다.

좀 더 온건한 비유를 들어 볼까요? 영어 교육은 유용한가요? 언뜻 간단해 보이지만 이 역시 즉답하기 어려운 질문입니다. 외국어 교육의 유용성도 역사적 조건의 함수이기 때문입니다. 현재 영어 교육이 유용한 것은(다들 유용하다고 생각하는 것은) 지난 2세기 이상 영국과 미국이라는, 영어를 모어로 사용하는 두 나라가 세계 패권 국가였기 때문입니다. 다른 이유는 없습니다.

현대 세계에서 살아남는 데 중요하고 유용한 텍스트 대다수가 영어로 쓰여 있는 것은 사실이지만, 그것은 우수한 사람들이 영어권 국가에서 예외적으로 많이 태어났기 때문이 아니라 영어가 패권 국가의 언어이기 때문입니다. 미국은 앞으로도 당분간 군사적으로나 경제적으로나 강대국의 지위를 유지할 것입니다. 하지만 ‘팍스 아메리카나’° 의 시대는 곧 끝날 겁니다. 이후에 어떤 나라가 세계를 이끄는 지위를 차지할지는 아무도 모릅니다. 중국일 수도 있고 독일일 수도 있고 어쩌면 러시아일 수도 있습니다. 그러면 우리는 그 새로운 강대국의 언어를 새로운 '세계 공통어'로 배우기를 강제당하게 될 것입니다.

제가 학생일 때는 이과 계열 학생 대다수가 제2외국어로 러시아어를 이수했습니다. 1960년대까지 자연과학 중 몇몇 분야에서는 소련이 구미의 수준을 능가했기 때문이지요. 그런데 얼마 지나지 않아 소련은 학술적으로 몰락했고, 러시아어 이수자 수도 바닥을 쳤습니다. 당시 학생들의 비정한 시각에 저는 조금 감동(?)했습니다. 그리고 어쩌면 영어에도 똑같은 일이 일어날지 모른다고 생각하고 있습니다. 언젠가 러시아어·중국어·독일어·아라비아어에 능통한 사람들이 그 '희소가치' 덕분에 영어 화자보다 중요한 자리에 임명되는 날이 올지도 모르는 거죠. 그럴 가능성이 적지 않습니다. 실제로 이미 일부 젊은 세대 사이에서는 아

○ Pax Americana. 라틴어 독음이며, 영어로는 'American Peace'이다. 20세기 후반부 서양 세계의 평화와 관련한 역사적 개념으로, 제2차 세계대전 이후 세계 역사에서 미국이 강력한 국력을 바탕으로 팍스 브리타니카(영국에 의한 평화)에 뒤이어 국제 평화 질서를 이끈 것을 뜻한다.

라비아어와 터키어 학습이 조용한 붐을 일으키고 있습니다. 그들은 독자적인 예민한 감각으로 '수중의 자원'을 어디에 '투자'해야 효과적일지 손수 찾고 있는 겁니다. 설령 그들의 예측이 어긋났다고 해도 그들은 잃어버린 시간과 수고를 돌려달라는 요구를 어디에서도 할 수 없을 겁니다.

애당초 일본인이야말로 '공통어'의 무름을 뼈저리게 경험하고 있을 겁니다. 한문을 읽고 쓸 수 있는 능력은 고대부터 새로운 학문을 배우려는 일본인에게 필수적인 지적 도구였습니다. 그것은 『일본서기』에 등장하는 역사부터 쓰시마에 조선통신사를 맞이한 시대까지 바뀌지 않았습니다. 한문은 일본뿐 아니라 동아시아 전역의 기본 커뮤니케이션 도구였습니다. 그래서 어느 나라를 여행해도 지식인끼리는 품에서 붓과 벼루를 꺼내 필담으로 소통할 수 있었습니다. 특히 근대 이후에 한문 활용 능력은 그 위력을 발휘했습니다.

나카에 조민中江兆民은 루소의 『사회계약론』을 일본어와 한문으로 번역 출간했습니다. 많은 중국 지식인은 조민을 통해 프랑스의 계몽사상을 접했습니다. 다루이 도키치樽井藤吉는 일본과 조선의 '대등합병'을 역설한 『대동합방론』을 한문으로 썼는데, 그건 조선과 일본, 두 나라뿐만 아니라 동아시아 전역의 독자를 상정한 것입니다. 미야자키 도텐宮崎滔天·기타 잇키北一輝·우치다 료헤이內田良平 같은 '아시아주의자'들은 당시 조선과 중국의 정치투쟁에 직접 관여했는데, 아마도 그때 그들 대부분은 입말이 아니라 필담으로 각 나라의 조직과 운동에 관여했을 것입니다. 저는 이런 자세야말로 '글로벌'이라고 말하고 싶습니다.

근대까지 한문은 동아시아 지역 한정, 지식인 한정의 '공통어'였습니다. 그것을 처음으로 버린 것은 일본입니다. 국제 공통어를 착실히 배우기보다 점령지 인민에게 일본어를 공부시키는 편이 효율적인 커뮤니케이션이라고 생각한 '지식인'(?)이 나왔기 때문이죠. 자국어 사용을 점령지 주민에게 강요하는 것은 세계 어떤 나라도 하는 일이므로 일본만을 탓할 수는 없지만 어쨌든 편의를 우선해 자국어를 타자에게 강요함으로써 그때까지 동아시아 전역의 커뮤니케이션 도구였던 한문은 지위를 잃어버렸습니다. 일본인은 유사 이래 변함없이 유용했던 학문을 손수 무용한 것으로 바꾸고 말았습니다. 전후 일본의 학교 교육도 전쟁 전과 똑같이 '커뮤니케이션 도구로서의 한문 소양 능력의 함양'에 그 어떤 관심도 보이지 않았습니다. 더군다나 한국이 한자 사용을 폐지하고 한글로 일원화하고,(일본 점령기에 일본어를 강요당한 것에 대한 반발도 있었을 겁니다.) 나아가 중국이 간체자를 도입함으로써 한문은 그 국제 공통성을 잃어버리고 말았습니다. 천 년 이상에 걸쳐 다들 유용하다고 생각한 학문이 몇몇 역사적 조건(그중 몇 가지는 이데올로기적인)으로 단기간에 그 유용성을 잃어버린 가장 적절한 예로 저는 '한문의 무용화'를 꼽고 싶습니다.

제가 말하고 싶은 것은 어떤 학문이 유용한지 아닌지를 결정하는 것은 학문 그 자체의 내재적 가치나 경험적으로 확증된 그 학문의 유용성이 아니라 많은 경우 그 시점의 파워 게임에서 힘을 가진 플레이어의 이해利害라는 것입니다. 그것 이외의 요소는 대체로 부차적인 것에 지나지 않습니다.

현대에는 세계 어디에서도 영어 회화 능력이 '유용한 학문' 분야에서 최고의 위치를 점하고 있지만 이것을 과연 실용학, 이른바 '실학'이라고 부를 수 있을까요? 앞에서 말한 대로 영어가 '세계 공통어'인 것은 역사적 조건으로 그렇게 되었을 뿐이지 언젠가는 바뀔 겁니다. 언제일지는 모르겠지만 결국 영어도 하나의 현지어가 될 것입니다.

한국도 그럴 텐데 현재 일본에는 영어 회화 능력이 시급하다고 생각하는 사람이 그다지 많지 않습니다. 일상생활에서 영어로 말할 기회가 거의 없으니까요. 때때로 "외국인이 길을 물으면 답할 수 있도록 영어를 익힙시다"라고 말하는 사람이 있는데, 외국인이 길을 묻는 일이 얼마나 자주 일어나겠습니까? 제 지난 경험들을 쭉 살펴보더라도 외국인이 제게 길을 물었던 일은 딱 한 번밖에 없습니다. 10년쯤 전에 어느 기차역 부근에서 "○○역이 어디에요?"라는 질문을 받았지요. 게다가 영어도 아니고 프랑스어로요. 저는 초급 프랑스어 교재 3단원 정도에 나올 법한 문형으로 "모퉁이에서 오른쪽으로 도세요"라고 답했는데, 아마 역 이름을 듣고 방향을 가리킬 손만 있었어도 그 상황을 똑같이 해결할 수 있었을 겁니다.

이국땅에서 곤혹에 처한 사람에게 손을 내미는 것은 중요한 일입니다. 그런데 그럴 때 더 필요한 것은 사람으로서 품는 측은지심이지 외국어 활용 능력이 아닙니다. 그런데 일본 학교에서는 곤란을 겪는 사람에게 손을 내미는 것의 중요성을 엄격하게 가르치지 않습니다. 사람으로서의 '성실한 태도'를 사회적으로 중요한 등급으로 매기지도 않습니다.

반면 영어 회화 능력에 대해서는 압도적인 중요성을 부여하지요. 영어 회화 능력이 확실히 요구되는 건 경제활동 영역에서입니다. 특히 해외 관광객을 접대하는 호텔·레스토랑·가게나 해외 시장에서 일하는 비즈니스맨과 생활 거점을 해외에 두고 경영과 노무 관리를 담당하는 사람들에게 영어는 필수 도구일 겁니다. 그 필요성에 대해서는 저도 충분히 알고 있습니다. 그런데 얼마큼의 능력을 갖춘 사람이 얼마나 필요하며 목표 수준에 도달했을 때 어떤 가치가 있는지에 대해서는 설득력 있는 이야기를 들어 본 적이 없습니다.

일본 문부과학성이 2013년에 발표한 '세계화에 대응하기 위한 영어 교육 개혁 실시 계획'은 초등학교 3학년부터 영어 교육을 시작한다는 내용으로 화제가 되었는데, 이 계획에 따르면 중학교 영어 수업은 영어로 하는 것이 기본입니다. 고등학교에서는 "폭넓은 화제에 관해 추상적인 내용을 이해할 수 있고, 영어 화자와 어느 정도 유창하게 소통할 수 있는 능력을 함양"하는 것을 목표로 합니다. "수업은 영어로 진행하며, 발표·토론·교섭 등으로 언어활동을 고도화하는 것을 목표로 하고, 고등학교 졸업 시점에 영어검정시험을 2급~준1급·토플 시험을 570점 이상으로 통과하는 것을 달성"해야 하지요.

일본에서 고등학생이 졸업 시점에 영어검정시험 2급

~준1급에 해당하는 점수를 받는 건 솔직히 불가능합니다. 그 정도 점수면 사전을 끼고 선생님께 질문하면서 하루에 8시간 이상 영어를 읽고 듣고 사용하는 정도가 되어야 합니다. 영어 이외의 교과목에서도 그런 진지한 학습 태도로 수업에 임하는 고등학생은 거의 없습니다. 이런 현실을 고려하면 영어 학습 능력을 그렇게까지 요구하는 걸 이상하다고 생각하지 않는 게 오히려 이상하지요. "폭넓은 화제에 관해 추상적인 내용을 이해할 수 있고, 영어 화자와 어느 정도 유창하게 소통할 수 있는 능력을 함양"한다는 계획도 이상합니다. 영어가 아니라 일본어로 한다고 해도 폭넓은 화제에 관해 추상적인 내용을 이해할 수 있는 고등학생이 과연 얼마나 있을까요?

2016년 조사에 따르면 10대 청소년의 신문 열독률閱讀率° 은 겨우 4퍼센트입니다. 매스컴에 대한 불신이 만연한 시대인 만큼 앞으로 이 비율이 더 감소할 일은 있어도 V자 그래프를 그리며 회복할 가능성은 없겠지요. 고등학생들은 온종일 스마트폰을 들여다보지만 온라인 신문으로 국

° 하루 15분 이상 신문(신문 광고와 온라인 신문도 포함)을 읽는 10대 청소년의 비율.

제 정세나 국회 심의를 살피지도, 트위터나 라인 등의 SNS를 통해 서로 정치적 의견을 교환하거나 일본 경제의 흐름에 관한 이야기를 나누지도 않습니다. 일본어로도 폭넓은 화제에 관해 추상적인 내용을 이해하지 못하는 아이들이 외국어로 그런 일을 할 수 있을 리 없습니다. 누구라도 알 수 있는 사실이지요.

이렇게 모어 독해·대화 능력 저하가 이미 심각한 문제인 상황에서 대체 어떻게 그런 목표를 세우고 또 달성할 수 있으리라고 믿는 걸까요? 그런 계획을 세운 사람들의 머릿속을 저는 도무지 이해할 수 없습니다. 다만 확실한 것은, 그 계획의 기안자들은 고등학교를 졸업할 때까지 아이들이 사용할 수 있는 교육자원 대부분을 영어 회화에 쏟아붓는 것이 왜 필요한지 자기 머리로 고민해 본 적이 없을 거란 겁니다. 현장에서는 이미 비명이 터져 나오고 있습니다. 초등 교육 과정에 영어 교과 도입을 필수화하며 교사 업무는 양적으로도 질적으로도 대폭 늘어났지요. 번아웃 직전의 교육 현장에 또 한 번 과부화를 일으키고 교사와 아이들을 지치도록 몰아붙이면서까지 영어 교육을 중시하는 이유가 무엇인지, 왜 애초에 달성할 수 없는 목표에 도달하라고 하는지, 이 '실학'에 왜 그렇게까지 교육 자원을 과잉 분

배하는지 제대로 설명하는 사람을 저는 아직 만난 적이 없습니다.

영어 활용 능력의 유용성에 관해서는 어느 누구도 이견을 내지 않습니다. 그러면 그 유용성을 이득benefit으로, 학습 노력과 투자되는 수고를 비용cost으로 계산하면 과연 수지는 맞을까요? '실학'을 중시한다는 사람들이 경제적 합리성에 무관심한 것에 놀랄 따름입니다. 애당초 '실학'이라는 건 쉽게 말해 교육 투자에 대한 회수가 조속하고 확실하게 이뤄지는 지식과 기술이 아니었나요? 학습 노력이라는 비용을 곧바로 취업률과 연봉, 지위와 같은 이득으로 회수할 수 있는 '학문'을 오늘날의 사회는 '실학'이라 부릅니다. 저는 수학과 천문학, 고생물학과 지질학이 틀림없이 장기적으로 꽤 넓은 범위에서 유용한 학문이라 생각하지만, 어느 누구도 이런 학문을 실학이라고 하지는 않습니다. '돈이 되지 않는다'고 생각하기 때문이지요. 학문에 '허'와 '실'이라는 격을 매기는 것은 콘텐츠의 좋고 나쁨이 아니라 '투자 회수를 단기적으로 확실하게 할 수 있는지 아닌지' 뿐입니다. 그리고 그것은 시장에서 해당 지식과 기능에 대한 수급 관계로 정해지는 것이지 학지 그 자체의 가치와는 관계가 없습니다.

과거 어느 회식 자리에서 저보다 스무 살 정도 많은 비즈니스맨을 만나 이야기를 나눈 적이 있습니다. 그는 제게 자신이 대학에 다니던 시절에는 이과 계열에서 야금학과가 가장 인기 있었다는 이야기를 들려주었지요. 제철업이 일본 경제를 이끌던 시절이었습니다. 지금 대학생들은 아마 야금°이라는 단어조차 모르겠지만 시장에서 야금에 관한 지식을 최고로 쳐 주던 때가 불과 60년 전입니다. 제철·조선·건설이 일본 경제 최고의 인기 업계였던 시대가 얼마간 계속되었고 이후 그 자리를 유통과 서비스업이 채우고 청년들은 금융·광고·언론 업계로 모여들었지요. 이제는 IT와 창업, 빈곤 비즈니스와 고령자 비즈니스 시대가 되었습니다. 매 시대 가장 인기 있는 업계에서 즉각 써먹을 수 있는 지식과 기능이 실학이라 불리지만, 그 영고성쇠榮枯盛衰는 눈이 핑핑 돌 정도입니다. 10년 후에는 과연 무엇이 '실학'이라 불릴까요? 애플과 구글이 10년 후에도 존재할지 어떨지는 아무도 모르는 시대인 만큼 우리는 10년 후의 '실학'을 예측할 수 없습니다.

° 冶金. 광석에서 금속을 추출해 정제·합금·특수 처리해서 여러 가지 목적에 적합하게 만드는 공정이나 기술.

제 경험과 좀 더 가까운 이야기를 해 보죠. 제가 대학에서 일하던 무렵 여대에 약학부를 신설하는 것이 유행인 때가 있었습니다. 컨설턴트들은 이 대학 저 대학을 돌아다니며 학부 창설을 권유했습니다. 그때 그들이 강조한 것이 약학부는 6년제라 수업료 수입도 1.5배이니 대학 입장에서는 '돈이 되고' 여학생들은 '실학'을 지향한다는 것이었습니다. "요즘 딸을 둔 어머니들은 당신 딸이 직업을 갖기를 열렬히 바란다. 자신이 이루지 못한 경제적 자립이라는 꿈을 딸이 대신 이루기를 바라는 것이다. 그래서 딸들에게 특별히 의학부·치의학부·약학부를 권한다"라는 그들의 설명은 꽤 설득력 있었습니다. 그리고 그 세 학부 가운데 개설 비용이 가장 저렴한 것이 약학부였기에 몇몇 대학은 그들의 제안에 응했습니다. 그때까지 46개교에만 있던 약학부가 단기간에 74개로 급증하여 일본 내 약학대학·약학부의 총 정원이 1만3천 명에 달했습니다. 불행하게도 이후 이는 시장에 '공급 과잉'이라는 결과를 초래했고, 정원을 채우지 못하는 약학부들이 생겨났습니다. 학생 입장에서는 '출구'에 해당하는 약제사 국가시험 합격률이 높아지지도 않았습니다. 2010년에는 50퍼센트에도 미치지 못했고, 이후는 60~70퍼센트 수준을 유지하고 있습니다. 즉 약학부에 입학했지만 졸업하지 못한 학생, 졸업했지만 국가고시에는 통과하지 못한 학생이 적지 않았습니다. 실학을 지향하며 약학부에 지원했지만 그런 이들에게 약학은 교육 투자를 단기적으로 확실하게 회수할 수 있는 '실학'이 아니게 되었습니다. 쓸모 있는 학문이라고 해서 그것을 배우고자 했지만 끝내 국가고시에 통과하지 못한 이들에게 약학은 쓸모없는 학문이 되어 버렸습니다.

이런 이유로 앞서 "어떤 학문이 실학인지 아닌지에 대한 답을 구하고자 그 학문의 내재적 가치를 들여다보는 것은 의미가 없다"고 한 것입니다. 어떤 학문이 얼마나 실학에 가까운지를 결정짓는 것은 시장의 '수요'와 대학 졸업생의 '공급'이 형성하는 함수이고, 그 이외의 요인은 부차적인 것에 지나지 않습니다.

이 점에서 실학'도'度는 주가와도 비슷합니다. 흔히 "주식거래는 마치 미인대회 순위를 맞히는 게임과 같다"는 말을 합니다. 자신의 심미적 기준은 일단 제쳐 두고 모두가 미인이라고 생각할 사람이 누구일까를 맞춰야 한다는 거죠. 자신의 주관을 배제하고 세상 사람들이 욕망하는 것을 정확하게 맞혀야 주식 시장의 승자가 될 수 있습니다. '실학 게임'도 마찬가지입니다. 자신이 무엇을 알고 공부하고 싶은지, 어떤 지식과 기술을 익히고 싶은지는 괄호 속에 묶어 놓고 시장이 어떤 지식과 기능에 높은 가치를 매기는지를 맞힌 이가 게임의 승자가 됩니다. 단, 승자의 자리를 지킬 수 있는 시간이 길지는 않습니다. 아마 점점 짧아질 겁니다.

저는 '쓸모 있는 학문'이라는 말에 흥미가 없습니다. 쓸모 있는 학문을 식별하는 게 어떤 의미인지 생각하는 사람에게도 흥미가 없습니다. 아마 그가 그러는 것은 어렸을 때부터 "네가 하려는 그 일은 아무 쓸모가 없어" 같은 말을 계속 들었기 때문일 겁니다. 저 역시 그런 말을 듣고 '그럴지도 모르겠다'고 생각한 적이 있기에 반론도 하지 않았습니다. 하지만 저는 꼭 연구하고 싶은 것이 있었기에 대학의 한구석에서 딱히 티내지 않고 제가 하고 싶은 연구를 계속해 왔습니다. 제가 30년에 걸쳐서 '아무런 쓸모도 없는 것'을 연구하도록 내버려 둔 두 대학(도쿄도립대학과 고베여학원대학)의 깊은 아량에 지금도 깊게 감사하고 있습니다. 제가 선택한 학문 영역은 40년에 걸쳐서 저에게 '지적 고양감'을 계속 선사해 주었습니다. 저는 그것 이상의 것을 학문에 바란 적이 없고 지금도 바라지 않습니다.

V 배움의 소임

15 학술의 본질

선생님의 다른 책을 읽어 보면 '학술'의 중요성과 그것을 다음 세대로 넘기는 일, 선물하는 일의 필요성을 강조하신다는 걸 알 수 있습니다. 선생님이 생각하시는 '학술'의 본질이란 무엇인가요?

우리는 '불가지'不可知, 즉 알지 못하는 것에 둘러싸여 있습니다. 우주의 끝에 무엇이 있는지 알지 못하지요. 우주의 기원은 38억 년 전이라고 하는데 그전에 무엇이 있었는지, 우주가 언젠가 끝난다고 하는데 이후에 어떤 일이 일어날지 모릅니다. 안쪽을 봐도 사정은 똑같습니다. 신체 안쪽을 들여다보면 장기와 뼈가 있고, 더 안쪽을 들여다보면 세포가 있고, 그 안쪽을 들여다보면 분자가 있고 원자가 있고

소립자가 있고……. 하지만 이내 어딘가에서 더는 그다음을 알 수 없는 지점에 이릅니다. 이 광활한 우주 안에서 인간이 이해할 수 있는 범위란 그다지 넓지 않습니다. 저는 학술이 해야 할 일이란 이 '인간이 이해할 수 있는 범위'를 1밀리미터씩이라도 넓혀 나가는 것이라고 생각합니다.

제가 평소 수련하는 무도武道는 인간의 신체라는 '마이크로 코스모스' 내부를 깊게 파고 들어가서 그 구조와 기능에 관해 연구하는 활동입니다. 그런 의미에서는 아주 학술적인 일이라고 할 수 있습니다. 철학에 관한 저의 생각은 아마도 일반적인 철학 연구자와 좀 다를 것으로 생각합니다. 물론 철학이 세계의 성립 과정과 인간의 본질에 관한 연구라는 것은 명백한 사실이지만, 저는 철학이 그보다 더 '수행적인'performative 역할을 할 수 있으리라는 생각을 합니다. 그 역할이란 단적으로 말하자면 뇌의 기능을 향상하는 일입니다. 알기 쉬운 말로 바꾸면 '현명해지게 하는(똑똑해지게 하는) 것'입니다.

뇌의 기능 향상은 인류의 여명기부터 진화상 혹은 생존 전략상의 최우선 과제였음이 틀림없습니다. 살아남으려면 반드시 필요한 일이니까요. 자, 그럼 어떻게 해야 뇌의 기능이 향상될까요? 지금부터는 저의 '폭주적' 사변이므로 절반은 에누리해서 들어 주시기 바랍니다.

뇌의 기능을 향상하는 데 가장 유효한 방법은 난제에 맞서는 것입니다. 자신의 현재 식견과 신체만으로는 간단히 대응할 수 없는 난제에 과감히 마주하는 것이지요.

고대 그리스의 철학을 만든 개척자들은 '만물의 근원은 물이다'(탈레스)라든지 '만물의 근원은 불이다'(헤라클레이토스)와 같은 가설을 세웠습니다. 그런데 양쪽 모두 우리의 실감에는 좀처럼 수렴되지 않습니다. 이런 이야기를 듣고 "아 그렇군요. 완전히 말씀하신 대로입니다"라고 쉽게 대응할 수는 없습니다. 반대로 "그건 좀 아닌 것 같습니다"라고 제대로 반론할 수 있는가 하면 그럴 수도 없습니다. 아마도 탈레스와 헤라클레이토스를 상대로 논의해도 논파할 수 없을 것 같은 느낌이 듭니다.

애당초 탈레스와 헤라클레이토스도 자신들의 말을 확신하지는 않았을 것 같습니다. "무심히 '만물의 근원은 물이다'라고 말해 보니 그것으로 모든 세상일을 설명할 수 있을 것만 같았다. 여러 사람이 '그럴 수가 있을까?' 하고 반론을 했지만 계속해서 논파할 수 있었다……"와 같은 일이 있지 않았을까 하는 느낌이 듭니다. 물론 그냥 그런 느낌이 들뿐 고대 그리스에서 실제로 어떤 일이 있었는지는 모릅니다. 그런데 아마도 고대 철학자들은 문득 생각난 가설을 둘러싸고 그 가설의 옳고 그름을 논의하는 일 그 자체가 그들이 속한 집단의 지성을 활성화한다는 것을 알고 있지 않았을까요?

'초월' '외부' '타자' '공'空 '유'有 '무'無 '인'仁…… 무릇 철학적인 주제는 모두 우리 일상적인 '경험지'經驗知를 갖고서는 맞설 수 없는 난제입니다. 모두 그것이 무엇인지 말할 수 없는 개념이긴 하지만, 그것이 무엇인지 말할 수 없는 주제에 관해서도 인간은 생각할 수 있습니다.

예를 들면 '신'神은 인지人知를 넘어선 존재이므로 그것이 무엇인지 누구 한 명 확정적으로 말할 수 없습니다. '신'이라는 개념에 관한 일의적인 정의도 없지요. 인간을 넘어선 존재이므로 인간이 만들어 낸 개념으로 회수할 수 있을 리가 없습니다. 그런데 그렇다고 해서 "신이라는 개념을 그만 사용하자"라고 말하는 사람은 없습니다. '그것이 무엇을 의미하는지 모르는 개념'을 사용해서도 신에 대해 대화하고 논의할 수 있습니다.

'그것이 무엇을 의미하는지 모르는 개념을 사용해서 대화하고 논의할 수 있다'라니 굉장하지 않습니까? 아마도 이 굉장한 일을 함으로써 인류는 점점 똑똑해졌다고 생각합니다. 이 작업은 말을 바꾸면 '주제가 되는 개념의 결정을 보류한 채 어느 정도 시간에 걸쳐서 사고할 수 있다'는 의미입니다.

막스 베버가 쓴 『프로테스탄트 윤리와 자본주의 정신』이라는 책이 있습니다. 사회학의 기초 문헌이니 만큼 읽은 분이 많겠지요. 베버는 논고를 시작하며 다음과 같이 썼습니다.

> 이 논문의 표제에는 '자본주의의 정신'이라는 의미 깊어 보이는 개념이 사용되었다. 이 개념은 도대체 어떤 의미로 이해해야 할까? 이 개념을 '정의'하려고 시도하는 순간 우리는 곧 연구 목표의 본질에 뿌리내린 어떤 종류의 곤란에 직면하게 될 것이다.

곤란에 직면하는 이유는 '자본주의 정신'이라는 개념이 아직 정의되지 않았기 때문입니다. 정의는커녕 그러한 것이 정말로 존재하는지 아닌지조차 알 수 없지요. 베버의 뇌에 문득 '자본주의 정신'이라는 아이디어가 떠올랐을 뿐일 겁니다. 그리고 그것과 프로테스탄티즘 윤리 사이에 관계가 있을 것 같은 느낌이 들어서 글을 쓰기 시작했던 거죠. 즉 '자본주의의 정신'은 논고에 앞서서는 정의할 수 없는 개념이었습니다. '그 확정적인 개념적 파악은 그러므로 연구에 앞서 존재할 수 있었던 것이 아니라 오히려 연구 결말에서 얻어야 한다'는 말인 거죠. 다시 말해 독자는 책을 다 읽기까지 '자본주의의 정신'이라는 중심적 개념에 관해서 그 정의를 유보한 채로(공중에 매단 채로) 계속 읽어 나가야 한다는 의미입니다.

저는 이것이 '철학의 진수'가 아닐까 생각합니다. 베버가 독자에게 바랐던 것은 '프로테스탄티즘의 윤리와 자본주의 정신 사이에는 상관관계가 있다'는 명제에 동의해 주는 것이 아니라 '자본주의 정신'이라는 개념을 논고의 마지막까지 정의 불가능한 '어휘꾸러미'로서 유보한 채로 책을 계속 읽어 나갈 수 있는 능력을 개발하는 것이었을 겁니다. 지성을 개발하려면 뭔가를 '알았다'고 생각하고 안주하기보다 뭔가를 '모르는' 불안 속에서 사고하는 부담을 견디는 것이 효과가 있습니다. 아마도 고래의 현인들은 그 사실을 알고 있었다고 생각합니다.

프로이트가 쓴 『쾌락 원리의 저편』은 아마도 20세기에 가장 많이 반복해서 인용된 텍스트 중 하나라고 생각하는데, 그 책에서 프로이트는 '반복강박'의 병증연구로부터 '죽음의 본능'(타나토스)이라는 개념을 도출했습니다. 보통 사람은 '쾌락을 추구하고 불쾌함을 피하는 것'이 당연합니다. 그것이 '쾌락 원리'입니다. 그런데 인간은 '그 어떤 쾌감의 전망이 없는 과거의 경험'을 반복해서 재현할 때가 있습니다. 이것은 쾌락 원리에 위배됩니다. 프로이트가 예시로 드는 것은 다음과 같은 예입니다.

> 모든 인간관계가 늘 동일한 결과로 끝나는 듯한 사람이 있다. 늘 타인을 감싸서 도와주지만 결국에는 반드시 버림을 받는 자선가들이 있다 (……) 어떤 친구를 사귀어도 배반당해 우정을 잃는 남자들, 누군가 타인을 자신과 세상에 대한 큰 권위로 내세우고 그러다가 일정한 기간이 지나면 그 권위를 스스로 무너뜨리고 새로운 권위로 갈아타는 남자들 그리고 여성과의 연애 관계가 모두 똑같은 경과를 거쳐서 언제나 똑같은 결말로 끝나는 애인들.

프로이트는 "세 번 연달아 결혼했지만 남편들이 모두 얼마 지나지 않아 병으로 쓰러져 죽을 때까지 병간호만 해야 했던" 여성을 그 전형적인 사례로 들고 있습니다. 물론 그 여성은 곧 병이 들어 죽을 것 같은 남자들에게만 연애감정을 품은 것입니다. 그들은 똑같은 불쾌한 경험을 집요하게 반복합니다. 그것은 반복하는 것 자체가 쾌감보다도 더 강한 충동이라는 가설입니다. 인간은 '쾌를 추구하는 것'보다도 '같은 운명을 반복하는 것'을 우선합니다. 이 사실에서 프로이트는 놀랄 만한 가설을 도출합니다. '쾌의 획득과 불쾌의 회피 이상으로 근원적인 것'이 존재하는데, 그것이 '원상회복의 충동'이라는 것입니다. 요컨대 본능이란 생명 있는 유기체에 내재하는 강한 충동으로 이전의 어떤 상태를 회복하려고 하는 것입니다.

> 만약 예외 없는 경험으로서 모든 생물은 내적인 이유로 죽고 무기질로 돌아간다는 가정이 허용된다고 하면, 우리는 단지 모든 생명의 목표가 '죽음'이라고밖에 말할 수 없다.

이렇게 해서 프로이트는 '죽음의 충동'Todestrieb이라는 개념을 도출했습니다. 단 우리가 주의해야 할 것은 프로이트가 이 가설을 제시한 후에 쓴 부분입니다. 프로이트는 다음과 같이 썼습니다.

> 여기에 전개한 과정을 과연 확신하고 있는지 아닌지 그

> 리고 어느 정도까지 믿고 있는지 묻는 사람이 있을지 모르겠다. 나는 나 자신도 믿고 있지 않고 타인에게도 그것을 믿으라고 하지 않는다고 대답하고 싶다. 좀 더 정확하게 말하자면 내가 어느 정도 그것을 믿고 있는지 모르겠다 (……) 우리는 어느 정도 사고 과정에 몸을 맡기고 그것이 이끄는 곳까지 따라갈 수 있지만 그것은 단지 학문적인 호기심이기 때문이다.

이번 질문은 '학술의 본질은 무엇인가?' 였습니다. 프로이트가 그 대답을 이 문장으로 제시해 준다고 생각합니다. '학술의 본질'이란 '어떤 사고 과정에 몸을 맡기고 그것이 이끌어 주는 곳까지 따라가는 것'입니다. 그런데 '그것'은 종종 나의 경험지와 신체 실감과는 양립하지 않습니다.

'자본주의의 정신'도 '죽음의 본능'도 혹은 니체의 '초인'도 마르크스의 '유적존재'類的存在도 사정은 모두 똑같습니다. 아무도 그런 것을 본 적이 없으니까요. 그래서 그들의 책을 읽고 "아하 '초인'이라는 것은 그것을 말하는구나. 그것이라면 알고 있어"라며 무릎을 치는 일은 절대 일어나지 않습니다.

그런 것은 전혀 문제가 되지 않습니다. 자신의 경험지

에도 신체 실감에도 수렴할 수 없는 '미지'未知를 끌어안고 그리고 '그것이 이끄는 곳까지 따라가는 것' 그것이 '학술'이라는 활동의 본질이기 때문입니다. 그리고 다름 아니라 그렇게 해서 인류는 그 '지적 능력'을 계속 향상시켜 왔습니다.

'자연과학'이 그렇게 해서 '미지'의 영역을 '기지'로 끌어당긴 것은 여러분도 동의하시리라 생각합니다. 그 성과는 실적으로 가시화되니까요. 그래서 자연과학이 어디에 도움이 되는지는 누구라도 알 수 있습니다.

그런데 철학이 어디에 도움이 되는지는 잘 알 수 없습니다. 모르는 것도 당연합니다. 철학은 이 '미지의 영역을 기지로 끌어당기는' 능력 그 자체를 개발하고 있기 때문입니다. 능력 그 자체는 눈에 보이지 않고 수치상으로 표시할 수도 없습니다. 우리가 알 수 있는 것은 그 능력이 만들어낸 결과물뿐입니다. 프로이트의 말을 빌리면 "내가 어느 정도 그것을 믿고 있는지 알 수 없다"는 것에 관해서 사유할 수 있는 능력, 그것이 철학이 개발하려고 하는 것입니다.

저는 '무도가'로서는 인간의 신체가 잠재하고 있는 '인지를 넘어선 능력'을 끌어내기 위한 기법을 연구·개발하고 있고, 학술 연구자로서는 '인지를 넘어선 것'에 관해 사유할 수 있는 능력을 키우려 하고 있습니다. 이 두 가지가 목표로 하는 것은 그다지 다르지 않다고 생각합니다.

16 연구자의 발언

선생님께서 하시는 말씀이나 쓰시는 글을 읽어 보면 문학·영화·만화·예술·철학·사회·정치·교육 등 장르를 불문하고 연구하고 계시는 것처럼 보입니다. 그렇게 장르를 횡단하는 연구를 하시는 이유가 무엇인지 궁금합니다. 장르를 횡단하는 연구가 선생님의 문체와 사고방식에 어떤 형태로 열매를 맺는지도 궁금하고요.

제가 연구하는 것은 프랑스 문학·철학 그리고 합기도, 이 두 분야뿐입니다. 교육은 오랫동안 교단에 섰으니 현장 교사의 자격으로 그간 쌓은 경험을 말한 것일 뿐 교육학을 전문적으로 연구한 것은 아니고, 영화·정치·사회에 관해 글을 쓰거나 제 생각을 발표한 것 역시 연구의 결과가 아니라 이

렇다 할 체계가 없는 사견에 지나지 않습니다. 애니메이터 미야자키 하야오·싱어송라이터 오타키 에이치·소설가 무라카미 하루키와 하시모토 오사무에 관해 쓴 글도 연구는 아닙니다. 그러면 무어냐고 질문하신다면 '팬 활동' 정도로 답할 수 있겠습니다.

레비나스와 카뮈 연구도 일종의 '전도' 활동입니다. 제가 경애하는 천재들의 일에 관해 그것이 얼마나 위대한지 설명하고 그들의 작품에서 가능한 한 많은 즐거움을 끄집어내서, 나중에 온 사람들에게 "이건 이렇게도 읽을 수 있고, 이렇게 들을 수도 있습니다!" 하고 외치는 것이니까요. 작품에서 끌어낼 수 있는 즐거움을 증대시키려는 해석과 고찰이므로 비평이라고는 할 수 없습니다. 제가 그들의 작품에 관해 쓴 글을 비평 또는 평론으로 분류하는 분들이 계신데, 전혀 아닙니다. 비평이나 평론이 아니라 '전도'입니다.

정치에 관한 글도 비슷합니다. 저는 정치 전문가가 아닙니다. 정치학과 국제관계론을 체계적으로 배운 적도 없습니다. 비전문가죠. 그런데 정치는 전문가에게든 비전문가에게든 우리 생활에 직접적인 관련이 있는 '우리 일'입니다. 전문적인 교육을 받지 않았으니 정치에 관한 판단은 내리지 않겠다는 태만함이 통하지 않는 영역이죠. 자칫하면 자고 일어나니 언론의 자유와 집회·결사의 자유와 학문의 자유를 잃어버리는 일이 일어날지도 모릅니다. 최악의 경우 전쟁이 나서 그 가운데 있게 될 위험도 있지요. 그렇다면 "정치에 관해서는 전문가에게 맡기고……" 같은 느긋한 태도를 취할 수 없습니다. 그래서 일개 시민이라도 생각하고 발언합니다. 특정 당 소속이 아니라 어디까지나 한 명의 개인으로 발언합니다. 한 명의 개인으로 하는 일이란 "자, 그럼 당신이 정치적으로 주장하는 것을 지금 여기서 해 보시오"라는 말을 들었을 때도 바로 "네, 하겠습니다" 하고 할 수 있는 일입니다. 그래서 제가 할 수 있는 일은 당당하게 말하지만, 아무래도 제가 할 수 없을 것 같은 일에 대해서는 말하지 않습니다.

저는 자본주의의 폭주를 억제해야 한다고 주장합니다. 그것을 위해 제가 할 수 있는 일은 일단 '코뮌commune의 재생'입니다. 공동체에 속하는 누구라도 접근할 수 있는 '공유지'를 다시 한번 소생시키는 일. 사유를 억제하고 가능한 한 많은 자원을 공동체가 공유하고 공동관리하는 것. 그런 풍습을 사회에 확장해 가는 것. 그것이 저의 정치적 목표입니다. 개풍관은 제가 손수 만든 코뮌입니다. 저 나름의 정치적 실천이지요. 어떤 기성 정당의 강령과도 관계가 없다는 점에서 지극히 사적인 일입니다.

사회적 실천도 똑같습니다. “사회는 이러이러해야 한다”라고 생각하고, 자신도 할 수 있는 일이 있으면 실천해 보는 것이지요. 물론 할 수 있는 일 이상의 것을 할 수는 없습니다. 당연한 말이겠죠? ‘모든 사람’을 지원할 수는 없지요. 아무래도 힘에 부칠 테니까요. 그래서 일단은 ‘가까운 사람’ ‘얼굴을 아는 사람’ 가운데 곤란을 겪는 사람이 있으면 지원하는 것부터 시작하고, ‘가까움’의 범위를 조금씩 넓혀 나갑니다. ‘모든 부정을 바로잡는 일’은 할 수 없습니다. 거기까지는 개인의 힘이 미치지 못합니다. 내 힘으로 바로잡을 수 있는 부정을 바로잡고, 그 범위를 조금씩 넓혀 나가면 됩니다. 이렇게 기왓장을 한 장 한 장 쌓아 올리듯 해 나가는 자그마한 실천이 결과적으로 가장 실효성이 좋다고 저는 믿습니다. 이것은 제가 수행을 통해 얻은 확신입니다.

사회정의는 단숨에 실현할 수 없습니다. 하지만 그렇다고 비관할 필요는 없습니다. 한 걸음씩, 한 장씩 실현해 나가면 됩니다. 저는 그 일을 제 말과 글로 하고 있는 것입니다.

17 정직한 글쓰기

'혼자 못 사는 것도 재주' '사악한 것을 물리치는 법'
'도서관에는 사람이 없는 편이 좋다' 등 선생님께서는
유독 다른 사람은 따라하기 어려운 선생님만의
표현으로 메시지를 전해 오셨습니다. 선생님께서
몸으로 직접 경험하고 느끼고 창조해 낸 말들이 어떤
과정을 거쳐 이런 메시지가 되었는지 궁금합니다.

질문이 점점 어려워지고 있군요. 이건 곧 제 머릿속에서 어떤 움직임이 일어나고 있는지를 설명해 달라는 거니까요.

저는 글을 쓸 때 정직한 태도를 가장 중요하게 여깁니다. 머릿속에 떠오른 아이디어를 가능한 한 가공하지 않고 단순화하거나 정형화하지 않고 그대로 출력합니다. 가공하지 않은 아이디어가 문자열이 되어 출력되고 진열됩니다. 그것을 보며 '아, 내가 이런 생각을 하고 있구나' 하는 것을 알게 되지요. 문자열 속에서 의미를 잘 모르는 말이나 처음으로 읽은 말이 많이 보일수록 큰 기쁨을 느낍니다. 그건 곧 '생성'이 있었다는 증거이기 때문입니다. '창조'의 증표이지요.

'이 아이디어를 이대로 쭉 뻗어 나가게 하면 어떤 문자열로 변환될까?'

그 텍스트를 궁금해하며 아이디어를 계속 뻗어 나가게 하려면 가능한 한 '기지'既知, 즉 내가 '이미 아는 것'에 빠지지 않도록 해야 합니다. 제 안에는 '이미 안다는 틀'이라는 일종의 덫이 여기저기 진을 치고 있습니다. 물론 이 틀이라는 것도 제가 생각해 낸 것이지 어디서 빌려온 것은 아닙니다. 제 독창적인 식견이지요. 그런데 그건 일종의 '기성품'입니다. 자신이 '언제나 하는 이야기'는 흡인력이 강합니다. 그래서 지금 '막' 만들어져서 '빙빙 도는', 말하자면 '성운 상태'의 아이디어를 그 인력권 안으로 끌어들이지요. 그 인력권으로 끌려 들어가면 아무리 새로운 아이디어라도 '언제나 하는 이야기'의 방증이나 그와 비슷한 에피소드가 되어 버립니다. 그런 '부수적인 지위'에 고정되어 버리는 겁니다. 이런 일을 어떻게 피할 것인가. 이것이 막 만들어진 아이디어를 계속 뻗어 나가게 하려면 얼른 해결해야 하는 긴급한 기술적 과제입니다.

이런 풍경을 상상해 보세요. 우주를 항해하는 작은 우주선이 있다고 합시다. 이것이 '막 만들어진 아이디어'입니다. 눈앞의 우주공간 여기저기에는 '내가 언제나 하는 이야기'라는 별들이 진을 치고 있습니다. 가까이 가면 별의 인력권 안으로 끌려 들어갑니다. 한번 끌려 들어가면 그 아이디어가 얼마나 새롭고 강한지와 상관없이 '언제나 하는 이야기'에 합쳐져서 별의 중량을 조금 가산해 주는 꼴이 되고 맙니다. 우주선은 어떻게든 이 인력에 저항해서 계속 날고 싶어 합니다.

자, 그럼 '막 만들어진 아이디어'가 별의 인력권을 용케 벗어나서 우주 저편으로 날아갔다고 합시다. 이제 더는 우주선을 멈추게 할 만큼 강한 인력을 가진 별이 없습니다. 그러고 나서 뒤를 돌아보면 우주선이 '항해한 흔적'이 남습니다. 바로 이것이 '태어나서 처음으로 하는 이야기'인 겁니다. 새로운 아이디어가 드디어 자신의 형태를 갖춘 겁니다. 이런 식으로 완전히 새로운, 때 묻지 않은, 막 태어난 아이디어를 차곡차곡 손에 넣는 것이 글 쓰는 사람에게는 최우선의 과제가 됩니다.

그럼 이런 것은 어떻게 만들어 낼까요? 이때 가장 중요한 것이 '정직'이라고 저는 생각합니다. 정직은 타인이 아니라 자신에게 거짓말을 하지 않는 것입니다. 저는 타인에게는 때때로 거짓말을 합니다. 거짓말하는 게 그 사람을 위한 것이라는 생각이 들 때가 있기 때문이지요. 가끔 완성도가 너무 떨어지는 글을 가져와 제게 보여 주고 어떠냐고 묻는 사람들이 있습니다. 대답하기가 곤란한데 이럴 때 저는 절대 "와, 너무 심합니다. 당신은 재능이 없어요. 쓰는 일을 그만두는 게 낫겠습니다"와 같은 말을 하지 않습니다. 그러면 그 사람은 두 번 다시 글을 쓰지 않겠다며 절필할지도 모르니까요. 그러느니 "좋네요. 좀 있으면 활짝 필 것 같은 풍부한 재능의 기운이 느껴집니다" 정도로 말해 주는 편이 좋습니다. 어쩌면 그 사람이 다음번에 좋은 글을 쓸 가능성이 (아주 드문 경우이기는 하지만) 높아지겠지요. 그가 정말 더 나은 작품을 쓰면 그건 그것대로 인류 전체의 혜택입니다. (물론 이론상으로요.) 그렇다면 '지금은 아니지만 앞으로 활짝 필지도 모를 재능'에는 지나가는 길에 물이라도 주는 게 좋지 않습니까. 그런 행위 때문에 손해 보는 사람은 없으니까요. 그래서 저는 때때로 남에게 거짓말을 합니다.

다만 자기 자신에게는 어떤 경우에든 정직해야 합니다. 문자열을 출력해 보니 '이건 좀 아닌데' 싶으면 가차 없이 지워 버립니다. 몇천 자나 되는 글을 단숨에 지울 때도 있습니다. 그럴 때 자신에게 부드러워지면 안 됩니다.

며칠 전에 쓰고 있는 책의 교정본이 제게 도착했습니다. 여기저기 매체에 쓴 글과 블로그에 포스팅한 글을 묶은 책이었지요. 원고는 중간까지는 술술 읽히다가 중간 정도부터 손이 좀 가는 정도였는데, 어느 페이지에서부터는 딱 멈춰서 제대로 읽히지 않았습니다. '제가 쓸 것 같은 이야기'가 쓰여 있는 페이지였지요. 확실히 어딘가에서 그런 이야기를 한 기억이 있었습니다. 그런데 제 '문장'은 아니었습니다. 남의 문장이었지요. 저는 그런 식으로 쓰지 않거든요. 도대체 어디에서 가져온 문장일까 하며 검색해 보니 강연록이었습니다. 제가 90분 정도 강연한 이야기를 다섯 개 정도로 나누어 만든 문장이었습니다. 그러니까 콘텐츠는 확실히 제 것이지요. 제가 늘 주장하는 것이니까요. 하지만 문체는 아니었습니다. 읽다 보니 호흡이 맞지 않았습니다. 저는 그런 리듬의 문장을 쓰지 않습니다. 그런 단어는 사용하지 않아요. 읽다 보니 기분이 찝찝해졌습니다. 남의 문장이었다면 그렇지는 않았겠죠. '와! 나와 이렇게 비슷한 의견을 가진 사람이 있구나' 하고 기뻐했을지도 모를 일입니다. 그런데 제가 쓴 것이라고 하니 견딜 수 없었습니다. 결국 50페이지 정도를 지우고 전부 새로 썼습니다.

'그때 내가 쓰고 싶은 것이 무엇이었을까?' 생각해 보았지요. '배움이란 무엇인가' '도서관의 기능' '중간공동체로서의 개풍관' 등 글의 내용은 평소 제 주장 그대로였습니다. 하지만 활자화된 문장은 제가 쓰고 싶은 것이 아니었어요. 이 말은 '제가 쓰고 싶은 것'이나 앞에서부터 이야기한 '아이디어'라는 것에는 그것을 서술하는 문체도 포함되어 있다는 의미입니다. 제 리듬과 음운이 들어 있지 않으면 제가 한 말이라는 느낌이 들지 않습니다. 그래서 전부 새로 쓴 거죠. 그러면서 '그렇지! 이게 정직이라는 거구나' 하고 깨달았습니다.

아마 제 책의 열혈 독자라도 그때의 문장을 읽고 '이건 우치다가 쓴 게 아니다'라고 느끼지는 않았을 거라고 생각합니다. '왠지 모르겠지만 평소 리듬과는 좀 다르다. 감기라도 걸렸나?' 정도의 느낌은 받을 수 있겠지만, 제가 쓴 것이 아니라고까지 생각하지는 않았겠죠. 그런데 앞서 이야기했듯 정직은 외부적인 규범이 아닙니다. 저 자신이 스스로에게 부과하는 것이지요. 그러니 본인이 정직한지 아닌지를 가를 수 있는 사람은 자신밖에 없습니다. 그리고 정직할 수 없게 되면 더는 글 쓰는 사람이라 말할 자격이 없습니다. 아마 그 강연록을 고쳐 옮긴 편집자는 이전에 인터뷰나 강연을 전사해 책을 만든 경험이 있을 겁니다. 그리고 그렇게 만든 초고를 저자가 조금 손보는 정도로 출간하는 것이 통했을 테지요. 그래서 내용만 맞으면 리듬이나 음운 같은 것은 부차적인 요소가 될 수 있다고 생각했을 겁니다. 하지만 제게 문장의 생명은 거기에 있습니다. 아이디어라는 것은 단순한 개념적 단품이 아니라 그것을 나타내기 위해 동원되는 무수한 언어 자원을 포함해서 비로소 성립합니다. 언어자원을 포함하지 않고서는 성립하지 않습니다. 그래서 행을 바꿀지 말지, 한자로 쓸지 히라가나로 쓸지, 바로 문장을 끝낼지 호흡을 조금 길게 늘여 문장을 이어나갈지와 같은 것이 제게는 사활을 건 문제입니다.

벌써 20년 전의 일인데요, 딱 한 번 대필 작가가 쓴 책의 교정지를 받은 적이 있습니다. 그때까지 제가 썼던 책을 짜깁기해서 한 권으로 엮은 책이었습니다. 그러니까 그것도 제 책이라면 제 책입니다. 처음에는 저도 자각하지 못하고 교정지를 읽어 나갔지만 도중에 제가 쓴 것이라고는 할 수 없음을 깨달았습니다. 기분이 찝찝해서 더는 읽어 나갈 수 없었지요. 미안한 일이지만 원고를 모두 버리고 똑같은 제목으로 전혀 다른 글을 처음부터 새로 썼습니다.

글쓰기에서 이런 유형의 '정직'이 왜 그렇게 죽기 살기로 중요한가? 이 이상으로 더 설명할 수는 없겠습니다. 다만 제가 정직할 수 없게 되면 저는 아마 아무것도 쓸 수 없을 겁니다.

18 전도하는 문체

세상에는 다양한 개념과 언어가 있습니다. 그 가운데 '당연한 것' '일반적인 시점' '통념' 같은 것만 받아들이는 사람에게 사회는 보드랍고 불편 없는 곳이겠지요. 반면에 몇몇 학자들은 순한 말로는 표현할 수 없는 사회의 다양한 면과 여러 문제점을 그리고자 거칠고 딱딱한 용어를 사용하기도 합니다. 하지만 그런 말은 많은 사람에게 닿기엔 어렵다는 약점이 있지요. 그런데 선생님께서는 거칠고 딱딱하기보다는 '부드러운 말' 속에 세계의 실체와 문제점을 과감히 침투시켜 사회의 다양한 측면을 더 입체감 있게 보여 주는 일을 계속해 오셨다고 생각합니다. 그런 표현들의 원동력이 어디에 있는지 궁금합니다.

이번 질문도 쉽지 않군요. 제 문체가 왜 이렇게 되었는지를 설명하라는 말씀이지요? 말씀하신 대로 생각을 '부드러운 말'에 담아내고자 그간 저는 'colloquial'한 어휘꾸러미를 사용해 왔습니다. 'colloquial'이란 '구어체의, 입말의, 일상 대화체의'라는 뜻의 형용사입니다. 저는 어느 시기부터 꽤 의식적으로 복잡하고 까다로운 이야기는 가능한 한 구어체로 합니다.

학술적인 개념은 학술적인 용어로 말하는 것이 보통이지요. 그런데 말씀하신 대로 학술적인 문체로 묘사된 식견은 좀처럼 학계 바깥으로 나가지 못합니다. 한 사람이라도 더 알면 좋은 이야기를 업계 바깥으로 전하지 못하는 것은 생각해 보면 안타까운 일이지요. 앞에서도 이야기했듯이 저는 저의 학술적인 연구를 전도라고 생각합니다. 위대한 선현의 앎을 후세에 폭넓게 전하는 일이라고요. 그러려면 길 가는 사람들의 소매를 붙잡고 "저, 잠깐 제 이야기를 들어 주세요"라고 간청하지 않으면 안 됩니다.

사실 학술 논문은 그것을 읽고 이해할 수 있는 사람만을 독자로 생각하며 쓰면 됩니다. 연구를 위한 예비적 고찰을 생략할 수 있고, 어떤 맥락에서 이 연구가 진행되었는지를 굳이 장황하게 설명하지 않아도 되지요. 하지만 전도를 하려면 이런 이야기가 오히려 더 중요합니다. 논문을 읽어 보아도 곧바로 이해하지 못할 사람들을 독자로 생각하니까요. 제가 왜 이런 '전도 활동'을 하게 되었는지, 제가 이렇게까지 해서 전하려는 지혜는 어떤 현자에게서 비롯되었고 그 현자는 왜 이런 지혜를 얻게 되었는지와 같은 '주변 정보'를 충실히 전하는 것이 무엇보다 중요합니다.

따라서 갑자기 "아는 바와 같이 레비나스는 하이데거의 존재론적 권역으로부터의 일탈을 기도했지만"과 같은 표현은 사용할 수 없습니다. 그런 이야기는 일반 독자에게는 전혀 '아는 바'가 아니지요. "하이데거가 누구야?" "존재론적 권역이라니, 무슨 말이지?" 같은 당연한 물음에 봉착한 독자들은 그것에 관한 설명이 없으면 제가 움켜쥔 소매를 뿌리치고 재빨리 각자 갈 길을 가고 말 겁니다. 그래서는 곤란합니다. 저는 '전도자'이니까요. 따라서 "옛날 옛적에 유대인이라 불리는 사람들이 있었는데 그들은 매우 독창적인 종족의 종교를 갖고 있었습니다" 같은 식으로 이야기를 시작하지 않으면 안 됩니다.

그리고 저는 이런 예비적 고찰을 귀찮다고 생각한 적이 없습니다. 예비적 고찰과 연구의 맥락에 관해 설명할 때야말로 어떤 면에서는 제 독창성을 가장 크게 발휘할 기회이니까요. 네, 맞습니다. 지성은 어려운 개념이나 이론을 말할 때가 아니라 복잡하고 까다로운 이야기를 알기 쉽게 설명할 때 그 독창성을 제대로 발휘합니다.

'개성은 설명에서 발현한다.'

제가 제 인생의 어느 지점에서 제 경험으로 체득한 지혜입니다. 하시모토 오사무°라는 작가이자 사상가의 글을 읽으며 깨달았지요. 한국에도 선생의 작품이 번역 출간되었는지는 잘 모르겠지만 저에게는 위대한 선현이고 또한 아주 좋아하는 작가입니다. 개인적으로도 사이가 좋았고요. 저는 하시모토 선생에게서 문체와 사상의 영향을 많이 받았습니다. 일본인 작가 가운데 제가 가장 큰 영향을 받은 분이라고 할 수도 있을 것 같습니다. 선생이 돌아가신 후에는 여러 매체로부터 "하시모토 오사무는 어떤 사람이었는가?"에 관한 기고 의뢰를 받았습니다. 그때 다시 선생의 대표작들을 읽어 보고 '아, 선생은 설명하는 사람이었구나'

° 橋本治. 일본의 소설가이자 수필가, 평론가. 1948년 도쿄의 한 아이스크림집 아들로 태어났다. 도쿄대학 국문과를 졸업하고 일러스트레이터로 일하다가 1977년 소설 『모모지리무스메』桃尻娘를 발표하며 작가 활동을 시작했다. 박식한 지식과 독특한 문체를 구사했다.

하고 깨달았지요.

무엇보다 굉장한 것은 하시모토 선생은 자신이 숙지하고 있었던 것뿐만 아니라 종종 자신이 잘 모르는 것에 관해서도 설명했다는 점입니다. 선생의 설명은 알기 쉽고 본질을 꿰뚫었습니다. 이상하지요. 자신이 잘 모르는 것에 관해서도 설명을 잘할 수 있다니. 그게 선생에게는 가능한 일이었습니다. 선생은 늘 자신을 향해 설명했기 때문입니다. 선생은 다양한 사람들로부터 이런저런 질문을 받았습니다. 연애 상담부터 자본주의의 미래에 관해서까지. 그때 선생이 가장 예리하게 반응한 것은 '질문을 받은 순간에 대답이 문득 뇌에 떠올랐는데, 왜 그런 답이 당신 안에 떠올랐는지' 그 '회로를 알 수 없는 유형의 물음'이었습니다. 이건 선생에게 물어서 확인한 것은 아니지만, 아마도 그랬을 거라 생각합니다. 왜 자신에게 그런 답이 떠올랐는지, 그 과정을 더듬어 찾아 가는 것. 그것이 선생의 설명 방식이었습니다.

그리고 자신을 위한 설명인 만큼 절대 '날림공사'를 하지 않았습니다. 납득하지 못한 것을 두고 알았다는 시늉만 하고 지나가는 일은 하지 않았다는 겁니다. 이해시켜야 할 상대가 타인이라면 아는 체를 하며 속이는 수를 쓸 수도 있겠지만, 자기 자신에게는 그런 수를 쓸 수가 없지요. 자기가 아직 이해하지 못했다는 걸 가장 잘 아는 사람이 본인이니까요. 그래서 선생의 설명은 매우 길었습니다. "옛날 옛적에……" 하는 식의 이야기에서부터 시작한 거죠. 하지만 매우 정성스럽고 알기 쉬운 설명이었습니다. 자신이 납득할 때까지 길고 꼼꼼하고 정성스럽고 놀랄 만큼 알기 쉽게 설명했지요. 저는 이 독서 경험으로부터 '작가의 독창성은 설명에서 발휘된다'는 확신을 얻었습니다.

그런데 이렇게 생각하고 보니 세계적인 작가들은 모두 설명의 천재였습니다. 미시마 유키오·무라카미 하루키·다니자키 준이치로도 그랬지요. 세계적으로 호평받는 작가들은 설명을 잘합니다. 한편 특정 지역에서만 주로 활동하는 작가는, 일본에서는 "아시는 바와 같이" 같은 표현으로도 통하지만 해외에서 전혀 통하지 않는 이야기를 태연하게 씁니다. 일본어 화자에게만 통하는 은어를 아무렇지 않게 사용하기도 합니다. 애당초 해외 독자를 생각하지 않고 글을 쓰기 때문입니다. 자신이 쓰는 것은 어차피 '우리만의 리그'에서만 통하는 이야기이기에 밖에서는 통하지 않을 거란 사실에 딱히 불안해하지도 않습니다. 그럼 그냥 '그런 작가'로 끝나는 것이지요. 어쩔 수 없습니다. 자기 스스로 자신을 그런 작가로 한정한 것이니까요. 자신이 속한 리그

내에서만 통해도 충분하기에 설명을 게을리합니다. 왜 그러는지 저는 이해하지 못하겠습니다. 설명은 아주 즐거운 일인데 말이지요.

종종 이런 예를 듭니다. 태어나서 처음으로 축구를 본 사람에게 축구는 어떤 게임이고 왜 재미있는지를 설명해 보라는 과제를 주었을 때 두근두근해 하는 사람이라면 설명을 좋아하는 사람이라고요. 축구해설가나 평론가, 훌리건은 보통 그런 설명을 하지 않지요. 그들은 평소에는 축구에 별로 흥미가 없는 사람이 월드컵 기간에만 텔레비전으로 중계되는 경기를 보면서 플레이에 관해 이런저런 이야기를 하면 "어제오늘 축구를 보기 시작한 녀석이 시끄럽게! 잠자코 있어" 하며 무서운 표정을 짓는 사람들이니까요. 하지만 저라면 이렇게 설명할 겁니다.

"게임 공간은 두 개로 나뉩니다. 한쪽은 '페어 영역'이고 다른 한쪽은 파울 영역입니다. 페어 영역에서만 살 수 있고, 살아 있는 동안은 높은 가치를 가집니다. 사람은 두 팀으로 나뉩니다. 그리고 상대방의 골대에 이 가치 있는 볼을 '증여'하려고 합니다. 그런데 증여받는 측은 그것을 틀어막으려고 합니다. 이 사람들은 '가치 있는 것을 증여받으면 벌을 받는다'는 신앙을 가지고 있기 때문입니다. 그래서 만약 증여를 받으면 필사적으로 반대급부를 수행하려고 합니다. 그 증여를 주고받는 일을 일정 시간 계속해서 상대방보다 더 많은 증여를 한 쪽이 승리합니다."

이렇게 설명하면 실은 모든 구기 종목이 유희의 형태를 빌려서 아이들에게 세계의 성립과 증여의 본질을 가르친다는 것을 알 수 있습니다. 이런 게 설명의 효용이지요.

"알기 쉽게 설명하려고 해야 근원적인 이야기가 나온다."

그렇기에 글쓴이의 독창성과 개성은 설명할 때 확실해진다고 할 수 있습니다. 설명할 때야말로 설명하는 사람의 '깊이'에 대한 갈망이 그 모습을 드러냅니다. '부드러운 말'이란 '설명하는 화법'입니다. 조술 역시 설명의 한 형태입니다. '공자가 이르기를'도, '여시아문'°도, '소크라테스는 이렇게 말했다'도, 모두 선현이 한 말의 조술입니다. 그런데 이런 활동에서야말로 화자의 독창성이 모습을 드러냅니다.

제가 마음 깊이 존경하는 일본의 한문학자 시라가와

° 如是我聞. 모든 불경의 첫머리에 붙은 말. '나는 이와 같이 들었다'라는 뜻으로, 불경이 석가모니로부터 들은 내용을 전하는 것이라는 것을 밝히는 표현이다.

시즈카白川静 선생은 『공자전』[7]이라는 책에서 이렇게 썼습니다.

> 공자는 자신의 학문을 '나는 짓지 않았고 전달할 뿐이다'述而라고 했다. 공자에게는 만든다는 의식, '창작자'라는 의식은 없었는지도 모른다. 그러나 '창조'라는 의식이 작동할 때 거기에는 오히려 '진짜 창조'가 없다는 역설적인 시점도 있을 수 있다…… 전통은 추체험을 통해 '개'個에 깃들게 될 때 비로소 전통이 된다. 그리고 그것은 '개'의 작동을 통해 인격화되고 구체화되고 '진술'된다. 그런데 진술된 것은 이미 창조다. 그러나 스스로를 창작자로 보지 않았던 공자는 이것을 모두 주공에게 돌렸다. 주공은 공자 자신에 의해 만들어진 그의 이상태다.

"조술은 이미 창조다"라는 시라가와 선생님의 말씀은 저 같은 전도자, 조술자, 설명가에게는 무엇보다 든든한 격려가 됩니다.

VI 배움의 결실

19 마치바의 의미

선생님 책의 제목에 유독 자주 등장하는 '마치바'街場라는 단어가 있지요. 한국에서는 『마치바의 현대사상』[8] 『마치바의 독서론』[9] 『마치바의 문체론』[10] 『마치바의 공동체론』[11] 『마치바의 교육론』[12] 이 번역 출간되었습니다. 그래서인지 한국 언론과 출판계에서는 선생님을 '거리의 사상가'라고 부르기도 하지만, 저는 한국어의 '거리'로는 선생님께서 사용하시는 '마치바'라는 단어의 의미를 제대로 길어 낼 수 없다고 생각해서 '마치바'를 단순히 '거리'로 번역하면 안 된다는 논의를 펼치기도 했습니다.[13] 이번 기회에 선생님께서 생각하시는 '마치바'라는 말의 의미를 제대로 여쭙고 싶습니다.

음, 이건 제가 대답하기 조금 곤란한 질문입니다. 제 책에 '마치바'라는 단어를 붙인 사람은 제가 아니라 고 히로키江弘毅 편집자이기 때문입니다. 2002년인가 2003년에 그는 간사이 정보지인 『Meets Regional』의 편집장이었고, 저는 그 잡지에 칼럼을 연재하게 되었습니다. 그때 그가 제 연재에 '마치바의 현대사상'이라는 제목을 붙여 주었지요. '멋진 제목을 붙였구나' 하고 감동했습니다. 마치바는 그가 애용하던 말이었습니다.

그는 지식인과 저잣거리 사람(일반인)이 교류하는 공간을 마치바라고 칭했던 것 같습니다. 편집자의 알은 지식인의 전문적 식견을 알기 쉬운 말과 사고 회로로 바꾸어서 일반인에게 전하는 동시에 생활인의 생생한 실감을 학계에서 받아들이도록 하는 것이지요. 그런 역동적인 교류의 장을 만드는 것이 편집자의 일이라 생각합니다. 그런 장에서만 '살아 있는 말'이 나올 수 있지요. 저는 그가 옳았다고 생각합니다. 일반 사람이 느끼기에 현실과 동떨어진 것이라 여기는 것은 학술적으로 아무리 엄밀해도 현실을 바꾸는 힘을 갖지 못합니다. 역으로 세계 어디에서나 통용되는 범용적인 '앎의 층'에 닿지 못하는 생활의 느낌이라면 결국 아주 좁은 지역적 한계에서 더 뻗어 나갈 수 없습니다.

달리 말하자면, 생활자가 자신의 삶에 제대로 뿌리를 내리고 있으면 학술적으로 범용성이 큰 식견을 만났을 때 설령 처음 듣는 말이라도 결코 공허하게 느끼지는 않을 겁니다. 그리고 그 생활자에게 (언어와 친족과 교환에 관해) 목숨을 걸고 지키려는 윤리와 척도가 있다면 그것은 '암묵지暗默知의 차원' 어딘가에서 통할 겁니다.

고 히로키 편집자는 저를 처음 만났을 때부터 "선생님의 이야기는 마치바에서도 통합니다"라는 말을 자주 했습니다. 마치바에서도 통한다는 말은 그의 기준에서 최고의 칭찬이었지요. 저는 그렇게 말해 준 걸 매우 기쁘게 생각했고, 제가 있어야 할 장소가 마치바라고 확신했습니다.

『자면서 배울 수 있는 구조주의』[14]가 제 '마치바' 시리즈의 데뷔작이라고 할 수 있겠네요. 이 책은 레비스트로스·라캉·푸코·바르트 등 프랑스 구조주의자들의 식견을 고등학생도 알 수 있을 정도로 알기 쉽게 풀어 설명한 것입니다. 이런 책이 반드시 필요하다는 확신을 가지고 썼지요. 적어도 이전까지는 이런 책이 없었기 때문입니다.

앞서 출간된 구조주의 입문서들은 학자가 '문외한'을 상대로 어려운 이야기는 생략하고 중요한 줄거리만 잡아 대강 설명하는 느낌이어서 어쩐지 독자를 얕보는 느낌을

풍겼습니다. 학자들은 그런 종류의 책을 태연하게 '계몽서'라고 부르곤 했습니다. 계몽, 즉 우둔한 사람을 가르쳐서 깨우친다는 의미로요. 저는 그런 책을 쓸 마음은 없었습니다. 아무리 고등학생이라도 생활자로서 두 발을 땅에 붙이고 살고 있다면 구조주의의 본질을 이해할 수 있다고 생각했습니다. 그것은 언어와 친족과 교환에 관한 깊은 식견이었기 때문입니다. 고등학생도 평소에 언어를 사용하고 가족과 함께 살며 경제활동에도 관여합니다. 그러므로 소재는 그들 자신의 경험 안에 풍부하게 존재합니다. 우연한 기회로 '살아 있는 말'과 '죽은 말'의 차이를 자각하거나 가족이란 일종의 역할 연기를 하는 이들의 모임이라는 것을 인지하거나 선물을 받은 후에 아무 답례를 하지 않으면 찝찝한 마음이 든다는 것을 깨닫는다면, 그들도 '인류의 암묵지'에 다가가는 회로에 손이 닿은 겁니다. 그렇다면 굳이 계몽 같은 걸 할 필요가 없지요. 고등학생이라도 자기 스스로 자신의 생활을 실감할 수 있는 깊숙한 내면을 향해서 수직으로 파고 들어가면 됩니다. 그것을 위한 작업 지침이 되는 책을 쓰고 싶다고 생각했습니다.

아마도 이런 식으로 '독자의 주체적인 관여'commitment를 겨냥해서 책을 쓰는 학자가 별로 없었을 겁니다. 저는 독자의 지성을 신뢰하며 책을 써야 한다고 생각했는데요, 교육자로서의 경험이 가져다준 확신이 있었기 때문입니다. '아이를 어른으로 성장시키고 싶다면 어른 대접을 하자. 학생들의 지적 성장을 바란다면 이미 지적으로 충분히 성숙한 인간으로 그들을 대하자.' 아이들은 자신을 향한 존경의 뜻을 결코 놓치지 않기 때문입니다.

경의를 표하는 것은 애정이나 신뢰보다 훨씬 전달력이 강합니다. 젊은 사람들이 가장 민감하게 반응하고 발신자의 의도를 올곧게 수신해 주는 것은 경의입니다. 그렇기에 독자의 지성에 제대로 경의를 표하면 독자는 수신할 자세를 취해 줍니다. 그러면 작가와 독자 사이에 '회로'가 형성되지요. 회로만 통하면 그다음은 거기에 정보를 흘리기만 하면 됩니다.

커뮤니케이션은 '메시지'와 메시지의 독해 방식을 지시하는 '메타 메시지', 이렇게 두 가지 층위로 구성되어 있습니다. "지금부터 내가 말하는 것은 당신들이 지적으로 충분히 성숙하다는 것을 전제로 한다"는 독해 방식을 지시하는 것은 메타 메시지입니다. 그 메타 메시지를 독자가 놓치지 않고 수신해 주면 커뮤니케이션 회로가 열립니다.

고 히로키 편집자는 『자면서 배울 수 있는 구조주의』를 읽고 제 태도를 이해했기에 저를 '마치바의 사상가'라고 인정해 주었을 겁니다. 이후로 저는 제목에 마치바라는 단어가 붙은 책을 아마도 스무 권은 썼을 겁니다.

마치바는 제목에 쓰기 아주 편리한 단어입니다. 제가 붙인 단어가 아니라 편집자가 붙인 단어이지만요. 그런데 일본에서 마치바라는 단어를 제목에 사용하는 작가는 아직 저 혼자인 것 같습니다. 학자와 생활자 사이에 다리를 놓는 일이 좋다는 사람이 많지 않아서일 수도 있겠지요. 실로 즐거운 일인데 말입니다.

20 비유의 힘

선생님 책을 읽어 보면, 모든 책에서 뭔가를
설명하실 때 다채로운 비유를 구사하신다는 생각이
듭니다. 사실 전하시려는 말씀은 비교적 무겁고
깊은데도 메타포를 사용해서 그 내용을 마음 깊숙이
침투시키려는 느낌이라고 할까요? 메타포와 메타포를
사용한 글쓰기에 관해 어떻게 생각하시는지 고견을
여쭙고 싶습니다.

질문이 계속 쏟아지는군요. 여전히 어떤 질문도 일본 독자나 미디어로부터는 들은 적 없는 것들이라 아주 신선합니다. 계속 열심히 대답해 보죠.

다채로운 비유는 알기 어려운 이야기를 할 때 꼭 필요

한 요소입니다. '비유'를 가리켜 '메타포'metaphor라는 영어 단어를 쓰셨는데, 영어와 프랑스어에는 'parable'○이라는 단어도 있습니다. 『신약성경』에서 예수가 비유 이야기를 할 때 등장하는 단어죠. 아실지 모르겠지만 예수는 비유의 명수였습니다.

> 예수께서 이 모든 것을 무리에게 비유로 말씀하시고 비유가 아니면 아무것도 말씀하지 아니하셨으니, 이는 선지자를 통하여 말씀하신 바 내가 입을 열어 비유로 말하고 창세부터 감춰진 것들을 드러내리라 함을 이루려 하심이니라.
>
> —『마태복음』 13장 34~35절[15]

예수는 주로 쉽게 지니거나 가까이 두고 쓰는 물건을 소재로 구체적인 비유를 들었는데, 그것이 종교적으로 무엇을 의미하는지는 명시하지 않았습니다. 듣는 사람에게 해석을 맡겼지요. '세상의 처음부터 감춰진 것들'에 관해 말하려면 비유를 거칠 수밖에 없습니다. "자, 그것은 이것입

○ 흔히 '우화' 또는 '비유(담)'로 번역한다.

니다" 하며 완성해서 포장한 형태로는 건넬 수가 없는 것이지요. 그 의미는 이야기를 들은 한 명 한 명이 스스로 발견할 수밖에 없습니다. 비유parable는 듣는 사람의 내면에 있는 해석 활동을 부활시킵니다. 해석하는 과정에서 얻는 지혜는 '주어진 지혜'가 아니라 '스스로 만들어 낸 지혜'입니다. 이런 지혜야말로 지혜라는 이름에 걸맞습니다. 유명한 '백 마리의 양' 비유를 살펴보죠.

> 너희 생각에는 어떠하냐. 만일 어떤 사람이 양 백 마리가 있는데 그중의 하나가 길을 잃었으면 그 아흔아홉 마리를 산에 두고 가서 길 잃은 양을 찾지 않겠느냐. 진실로 너희에게 이르노니 만일 찾으면 길을 잃지 아니한 아흔아홉 마리보다 이것을 더 기뻐하리라.
>
> —『마태복음』 18장 12~13절

어려운 이야기입니다. 예수는 양 백 마리를 키우는 목동이 아흔아홉 마리를 산에 두고 길 잃은 한 마리를 찾아 나서는 것이 '좋은 일'이라고 가르칩니다. 보통은 그렇게 생각하지 않지요. 한 마리를 찾아 나섰다가 돌아와 보니 남은 아흔아홉 마리가 모두 어딘가로 사라져 버리거나 늑대에게 먹혀 버리면 안 되니까요. 대개는 아흔아홉 마리의 안전을 우선시합니다. 그런데 예수는 "이와 같이 이 작은 자 중의 하나라도 잃는 것은 하늘에 계신 너희 아버지의 뜻이 아니니라"[16]라며 이야기를 끝냅니다.

그거야 그렇겠죠. 하늘에 계신 아버지는 전능하신 주이니까 피조물 하나를 잃는 것은 그것이 양이든 소든 바라지 않을 터이고 구할 때는 구해 주시겠죠. 그런데 이쪽은 인간입니다. 전능한 신이 아니죠. 왜 길 잃은 한 마리의 구제를 우선하지 않으면 안 될까요?

보통 이 비유는 '이미 신앙을 확실하게 다진 흔들림 없는 99퍼센트'보다 '아직 신앙이 온전치 않은 1퍼센트'를 우선 전도 대상으로 삼아야 한다는 식으로 해석됩니다. 그런데 정말로 그런 알기 쉬운 해석으로 충분할까요? 예수가 정말 그런 간단한 이야기를 하려고 이런 알기 어려운 비유를 사용했을까요? 이어서 '독毒보리' 비유까지 살펴보죠. 이 이야기도 알기 쉬운 이야기는 아닙니다.

> 예수께서 그들 앞에 또 비유를 들어 이르시되, 천국은 좋은 씨를 제 밭에 뿌린 사람과 같으니 사람들이 잘 때에 그 원수가 와서 곡식 가운데 독보리를 덧뿌리고 갔더니 싹이

> 나고 결실할 때에 독보리도 보이거늘. 집 주인의 종들이 와서 말하되 주여 밭에 좋은 씨를 뿌리지 아니했나이까 그런데 독보리가 어디서 생겼나이까. 주인이 이르되 원수가 이렇게 했구나. 종들이 말하되 그러면 우리가 가서 이것을 뽑기를 원하시나이까. 주인이 이르되 가만 두라. 독보리를 뽑다가 곡식까지 뽑을까 염려하노라. 둘 다 추수 때까지 함께 자라게 두라. 추수 때에 내가 추수꾼들에게 말하기를 독보리는 먼저 거두어 불사르게 단으로 묶고 곡식은 모아 내 곳간에 넣으라 하리라.
>
> —『마태복음』 13장 24~30절

어떤 의미일까요. "나쁜 유전자를 가진 생물은 그것이 다 자라서 '나쁜 종'이라는 것을 알고 나서 처분하면 된다" 같은 우생사상을 예수가 말할 리는 없습니다. 옛날부터 줄곧 이 독보리 비유는 여러 신학자가 그 진의를 둘러싸고 다양한 논의를 해 왔습니다. 그런데 지금에 이르기까지 최종적인 해석에는 이르지 못한 듯합니다. 예수는 비유 이야기 외에는 군중에게 말하지 않았습니다. 아마도 예수의 이야기를 들은 사람 모두가 머리 위에 거대한 의문 부호를 떠올린 채로 돌아갔을 것으로 생각합니다. '재미있어서 마지막까지 듣기는 했는데 도대체 어떤 의미일까. 새삼 생각해도 모르겠단 말이지' 하면서 말이죠.

물론 제가 드는 비유는 그만큼의 폭도, 깊이도 없습니다. 다만 독자에게 '당신이 스스로 해석해 주세요'라고 간청한다는 점에서는 똑같습니다. 제 이야기는 기본적으로 알기 어려운 내용입니다. 일반적으로 세상에서 하는 말과 꽤 다르니까요. 그러므로 독자는 '음, 이상한 이야기 같지만 잠시 들어 줘도 좋겠다'라고 마음을 열고 제 이상한 이야기를 이해하고자 꽤 품을 들여야 합니다. 그러려면 '이 사람은 도대체 뭘 말하고 싶은 걸까?' 하는 의문 부호를 머리 위에 띄워 둔 상태를 잠시 유지해 주어야 하지요. 제 이야기를 잠깐 듣고 "아, 알겠습니다. 당신이 뭘 말하고 싶은지 다 알았으니 이제 잠자코 있을게요"라는 말을 듣게 된다면 곤란합니다. 그것이 아니라 "당신이 무슨 말을 하려는지 잘 모르겠으니 이야기를 좀 더 해 주세요" 같은 상태가 되어야 합니다. 그래서 비유를 사용하는 겁니다.

비유는 구체적이지만, 잘 생각해 보면 '이상한' 이야기입니다. 구체적이면서 알기 어려운 이야기이지요. 그런 이야기를 들으면 우리 지성의 기어가 한 단 올라갑니다. 뇌의 회전이 빨라지죠. 구체적이기 때문입니다. 구체적인 설정이 있으므로 왠지 잘 모르겠지만, 알 것 같은 느낌이 듭니다. 아흔아홉 마리의 양과 한 마리의 양 가운데 어느 쪽을 선택해야 할 것인가로 고민하는 목동, 독보리와 좋은 보리가 섞여 있는 밭을 앞에 두고 곤혹스러워하는 농부의 마음이라고 하면 상상력을 발휘해서 들어갈 수 있을 것 같은 느낌이 듭니다. 알기 어려워도 상황이 구체적이니까요.

앞서 철학의 사명은 인간의 지성을 활성화하는 일이라는 말씀드렸는데요, 종교적인 성숙을 위한 과정도 그것과 다르지 않습니다. 쉽게 대답할 수 없는 물음 앞에 멈춰 서는 것입니다. 비유는 일종의 수수께끼입니다. '바로 대답할 수는 없다. 하지만 어쩐지 집중하면 해석할 수 있을 것 같다.' 저는 제 독자가 그런 상태이기를 바랍니다.

21 민주주의와 시민

그동안 선생님께서 다양한 매체에 기고하신
'민주주의'에 관한 글은 어디서도 들어 본 적 없는
탁월한 말씀이었습니다. 최근 한국 또한 일본과 크게
다르지 않게 민주주의가 쇠퇴하고 있다는 느낌을
지울 수 없습니다. 그런 만큼 선생님이 생각하시는
민주주의가 무엇인지, 민주주의를 유지하기 위한
시민의 역할에 관해 말씀해 주시면 감사하겠습니다.

최근에 '표현의 자유'에 관한 강연 의뢰를 받았습니다. 의뢰를 받고 나서 표현의 자유란 애당초 무엇을 위해 존재하는 규범이었는지에 관해 생각해 보았습니다. 민주주의에 기초한 헌법은 표현의 자유를 보장하고, 공공의 복지에 반하

지 않는 한 그 자유를 억제할 수 없도록 되어 있습니다. 그런데 표현의 자유를 보장함으로써 기대할 수 있는 좋은 면이 과연 뭘까요? 다른 사람을 격분하게 하고 울분에 빠뜨리는 표현, 다른 사람이 소중히 여기는 것을 짓밟는 듯한 공격적인 표현에도 자유가 보장되어야 할까요? 표현해도 좋은 것과 표현해서는 안 되는 것을 국가기관이 판별하도록 허용해도 될까요? 즉각 답하기 어려운 질문들입니다.

표현의 자유는 왜 지켜야 할 가치가 있을까요? 유감스럽게도 헌법에는 그 답이 적혀 있지 않습니다. 적혀 있지 않은 이유는 그 답이 자명하기 때문이 아닙니다. 자명하다면 애초에 표현의 자유를 둘러싼 논쟁이 일어날 리 없겠지요. 적혀 있지 않은 이유는 그 답을 국민이 자기 머리로 생각하고 자기 언어로 말해야 하기 때문입니다.

표현의 자유든 민주주의든 그것에 어떤 가치가 있는지를 자신의 언어로 말할 수 없다면 "그런 건 지킬 필요가 없다"고 말하는 사람들을 설득해서 번복시킬 수 없습니다. 다시 말해 헌법이 정하는 표현의 자유를 보장함으로써 기대할 수 있는 좋은 면이 무엇인지를 말할 수 없다면 그것은 민주주의에 대해 잘 알지 못하는 것, 제대로 말하지 못한 것과 같습니다. 왜냐하면 민주주의란 무엇을 목표로 한 제도인지 우직하게 생각하고 조리 있게 말하려는 노력이야말로 민주주의의 토대를 이루는 것이기 때문입니다.

다시 말해 '민주주의란 무엇인가'라는 물음에서 손을 뗀 사람들은 더는 민주주의 국가를 유지할 수 없습니다. 민주주의라는 것은 어딘가에 딱 자리를 잡고 있어서 "야, 민주주의 하나 줘 봐!"라고 했을 때 "응, 여기 있어!" 하고 가져다주거나 가져다 쓸 수 있는 것이 아닙니다. 우리가 지금 여기서 손수 만드는 방법밖에는 없습니다. 지금 한국과 일본의 민주주의가 무너지고 있는 것은 우리가 이 사실을 잊었기 때문입니다.

제2차 세계대전이 끝난 뒤 윈스턴 처칠은 하원 연설에서 민주주의에 관해 이렇게 말했습니다.

> 이 죄악과 불행의 세계에서 이제까지 수많은 형태의 정치 체제가 시도되었고, 앞으로도 시도될 것이다. 민주주의가 완벽하고 전능하다고 주장하는 사람은 아무도 없다. 사실 민주주의는 최악의 정치 체제다. 단 여태까지 시도된 다른 모든 형태의 정치 체제를 제외한다면.[17]

유명한 연설이지요. 그런데 이 말을 인용하는 사람들

은 유독 민주주의는 최악의 제도라는 점을 지나치게 강조하는 것 같습니다. "민주주의는 변변치 않은 제도인데, 그 이외의 다른 정치 체제는 더 변변치 않다. 그래서 우리는 마지못해 민주주의를 채택하고 있다." 많은 이들이 이런 식으로 이야기하지요. 좀 시니컬하면서도 똑똑한 말처럼 들립니다. 하지만 저는 이런 식으로 해석하지 않습니다. 이때 처칠이 강조하고 싶었던 것은 민주주의란 가장 실현되기 어려운 정치 체제라는 점이 아니었을까요?

저는 민주주의는 아직 존재하지 않는다고 생각합니다. 아니, 아직이 아니라 영원히 존재하지 않을 것이라 생각합니다. 민주주의란 '그것을 이 세계에 실현하려는 수행적 노력'이라는 형태로, 항상 미완으로밖에 존재하지 않으니까요. 한데 그것으로 충분하다고 생각합니다. 높은 이상을 추구하려는 노력이란 원래 이런 겁니다. 죽을 때까지 민주주의를 실현하지 못하더라도, 혹 그 목표를 추구하다가 제대로 달성하지 못하고 죽더라도 저는 불만이 없습니다.

이 세계에는 일신교° 신자가 25억 명 정도 있습니다.

° 오직 하나의 신만을 인정하고 신앙하는 종교. 기독교·이슬람교·유대교 따위가 여기에 해당한다.

그들은 세상이 끝날 때 우리를 구하고자 나타날 구세주(메시아)의 도래를 믿고 있습니다. 하지만 선지자가 그렇게 설파한 지 이제 3천 년쯤 됐는데, 구세주는 아직 오지 않았습니다. 지금까지 한 번도 일어나지 않았던 일은 귀납법으로 추론하면 앞으로도 일어나지 않을 겁니다. 하지만 일신교 신자들은 그들이 평생 끝내 만날 수 없을 것 같은 구세주가 나타날 것이라 생각하며 현실의 삶을 꾸리고 있습니다.

어떤 개념을 올바로 인식하는 능력은 그것이 현실화될 개연성과는 관계가 없습니다. 메시아가 영원히 오지 않더라도 '메시아니즘'은 지금 여기서 작동합니다. 그와 같습니다. 완전하고 전능한 민주주의가 영원히 도래하지 않더라도 그 개념이 지금 여기의 정치를 바르게 인식하는 힘을 가질 수는 있습니다. '민주주의는 일신교의 메시아에 비할 만한 초월적 개념이다'라는 것이 저의 가설입니다. 그런 이상한 말을 하는 사람은 없을 것으로 생각하지만, 그렇게 생각하면 현대 한국과 일본에서의 민주주의 공동화에 관한 설명이 나옵니다.

민주주의란 어떤 제도일까요? 정의는 그리 어렵지 않습니다. 이는 주권자가 누구인가에 따른 통치 형태의 분류이기 때문입니다. 민주제 외에는 군주제·귀족제·과두제·무정부 등 여러 통치 체제가 있습니다. 처칠이 '지금까지 시도된 모든 통치 체제'라고 부른 것이 그것입니다. 그래서 '나는 민주주의에 반대한다'고 말하는 사람은 이들 중 어느 한 가지 체제를 선택한 것이 됩니다.

그렇다면 주권자란 어떤 사람을 가리킬까요? 저는 이것을 '자기 개인의 운명과 나라의 운명 사이에 상관이 있다고 (생각)하는 인간'이라고 정의하고 싶습니다. 이것 또한 저 개인의 정의로, 일반적이지는 않지만, 어쨌든 이 정의로 이야기를 진행하고자 합니다.

제정이나 왕정에서는 황제나 국왕이 주권자입니다. 그래서 군주가 현명하면 나라가 태평성대이고 군주가 어리석으면 나라가 어지러워집니다. 귀족정이나 과두제에서도 얘기가 다르지 않습니다. 주권자의 현명함과 어리석음 그리고 선악이 그대로 국운을 결정합니다. 그렇다면 민주제에서도 얘기가 같을 것입니다. 민주제는 국민이 주권자인 정치 체제, 즉 국민 개개인이 '자신의 개인적 운명과 나라의 운명 사이에 상관관계가 있다(고 생각하)는 체제'입니다. 그리고 실제로 국민 개개인의 현명함과 어리석음 그리고 선악이 국운의 귀추를 결정합니다.

앙드레 브르통이 어디선가 "'세계를 바꿔야 한다'고 마르크스는 말했다. '삶을 바꿔야 한다'고 랭보는 말했다. 이 두 구호는 우리에게 하나다"라고 썼는데, 저는 이 말 그대로를 민주제 국가 주권자의 조건으로 사용할 수 있다고 생각합니다. 즉 "자신의 삶을 바꾸는 것과 나라를 바꾸는 것은 하나"라고 믿을 수 있는 것. 그것이 민주제 국가에서 생활하는 주권자의 조건입니다.

자신의 단 한마디, 단 하나의 행위로 나라가 그 모양을 바꿀 수 있다는 믿음을 놓지 않는 이, 그것이 바로 민주주의 국가의 주권자입니다. 그래서 주권자는 '내가 도덕적으로 고결한 것이 조국이 도덕적으로 고결하기 위해 필요하다' '내가 충분히 지적인 사람이 아니면 조국 또한 그만큼 지적일 수 없다'고 믿습니다. 거리낌 없이 말하자면 '일종의 관계 망상'입니다. 하지만 이런 망상을 깊이 내면화한 주권자를 일정 수 포함하지 않는 한 민주제 국가는 성립할 수 없습니다.

그것은 '주권자가 없는 민주제 국가' 같은 것을 상상해 보면 알 수 있습니다. 주권자가 없는 민주제 국가에서 국민은 자신의 개인적 삶과 나라의 운명 사이에 상관관계가 없다고 생각합니다. 자신이 무엇을 하든 나라의 형태에 영향을 끼치지 않는다고 생각하는 겁니다. 공공적 권역은 마치

'자연물'처럼 자신의 바깥에 존재하며, 자신이 그것을 더럽히든 해치든 걷어차든 훔치든 공공에는 조금도 영향력이 없다고 생각합니다. 지금의 일본인이 바로 그렇습니다.

주권자임을 관둔 국민은 고속도로가 막힐 때 갓길을 달리는 운전자와 비슷합니다. 그를 제외한 모든 운전자가 준법에 기초해서 행동하고, 그 혼자만이 불법을 저지를 때 그의 이익은 극대화됩니다. 그러나 이를 본 다른 운전자들이 그를 따라 갓길을 달리기 시작한다면, 그의 이익은 제로가 됩니다. 이것이 민주제 국가가 안고 있는 근본적인 딜레마입니다.

공공질서가 갖추어져 있을 때만 사리사욕의 무리가 큰 이익을 얻습니다. 하지만 사리사욕의 도가 지나치게 늘어나면 질서는 붕괴합니다. 그러므로 사리사욕을 근절할 수는 없지만, 그 인구비가 '수인한도'를 넘어서는 안 됩니다. 어떻게 '공공복지를 배려하는 사람'과 '자기 이익만 추구하는 사람'의 비율을 통제할 것인가? 그것이 민주제 국가들이 직면한 가장 큰 현실적 문제입니다.

일정 수의 주권자(혹은 더 쉽게 말해서 어른이라고 해도 좋습니다), 즉 자신의 이해와 국가의 이해가 결부되어 있다고 생각하는 사람을 민주제에서 포함하고 있지 못하면 그 사회를 유지하기 어렵습니다. 그것은 앞에서 말씀드린 바와 같습니다.

하지만 사회의 민주화가 진행되고 '어른'의 수가 증가함에 따라, 공공의 복지를 고려하지 않고 이기적으로 행동하는 인간(즉 '아이')이 얻는 이익은 증대합니다. 사회가 민주화될수록 비주권자(=비민주주의자)처럼 행동하는 이는 더 큰 이익을 누릴 수 있게 됩니다.

즉 민주제란 그 구성원들에게 끊임없이 '다른 무리에는 법과 윤리를 지키게 하고, 상식에 따르게 하고, 공공의 복지를 배려하게 해 놓고, 자기 혼자만 도망쳐 이기적·위법적·비민주적으로 행동하도록' 유혹하는 시스템입니다. 복잡한 구조입니다. 처칠이 '최악의 통치 체제'라고 말한 것도 어찌 보면 당연합니다. 그러나 그런데도 저는 민주주의가 다른 정치 체제들보다 낫다고 생각합니다. 민주제 국가에서는 일단 일정한 수의 국민이 자구 노력을 하는 것이 곧 국력 증대, 국운 상승으로 이어질 것이라고 믿기 때문입니다. 자신이 먼저 어른이 되어야 한다고 믿기 때문입니다.

사서에 따르면 성군으로 꼽히는 요堯 임금이 즉위한 지 50년이 지난 어느 날 자신의 통치가 잘 이뤄지고 있는지를 살피려고 변복하고 저잣거리를 거닌 적이 있었습니다. 아이들은 "만민이 행복한 것은 임금의 덕치 덕분이다"라는 동요를 부르고 있었지만, 한 노인은 배를 두드리며 "임금의 힘 따위 내 알 바 아니다"라고 말하고 있었습니다. 아이는 임금의 자질과 지금 자신의 삶 사이에는 상관관계가 있음을 믿고 노인은 믿지 않았습니다. 어느 쪽이 현실을 제대로 보고 있는지는 차치하고, 이후 '공공의 복지'를 위해 땀을 흘릴 생각이 있는 쪽이 어느 쪽인지는 누구라도 알 수 있습니다.

제정이나 왕정의 나라에서는 통치자 한 사람이 현명하면 선정이 이루어졌습니다. 하지만 그것은 군주 이외의 모든 백성이 아무런 판단력을 갖지 않는 우둔한 유아라도 기능하는 제도, 아니 오히려 그런 쪽이 더 잘 기능하는 제도였습니다. 그래서 그 제도들은 폐기되었다고 생각합니다.

제가 민주제를 지지하는 것은 그것이 '가능한 한 많은 국민이 적절한 판단력을 갖춘 어른인 것이 그렇지 않은 것보다 더 잘 기능하는 제도'이기 때문입니다. 민주제 국가는 일정 수의 국민이 어른이어야 한다고 요구합니다. 그것이 민주제의 공적功績입니다.

제가 표현의 옳고 그름을 공적 기관이 판단하는 것에 반대하는 것은 그 기관이 항상 잘못된 판단을 내릴 것으로 생각해서가 아닙니다. (대부분 옳을 것입니다.) 그것이 국민의 적절한 판단력 함양에 도움이 되는 바가 없기 때문이고, 국민의 시민적 성숙을 지향하지 않기 때문입니다. 그것은 말하자면 '미성년자를 위해 어른이 결정을 대신한다'는 구조입니다. 그러한 구조를 갖춘 사회에서는 아이가 어른이 되는 동기 부여가 일어나지 않습니다. "당신이 판단하세요"라고 권한을 통째로 주지 않는 한, 사람은 자신의 판단력을 키우려 하지 않습니다. "당신이 결정하는 것입니다"라고 맡기지 않는 한, 사람은 주권자로서의 자기 형성을 시작하려 하지 않습니다.

민주제는 이렇게 일종의 '모험을 건네는 행위'입니다. 지금 일본과 한국에서 민주제가 쇠퇴하는 것은 그 모험을 감행할 각오를 하는 이들이 없어졌기 때문입니다.

22 무도적 사고

앞서 여쭌 '마치바'처럼 '무도적 사고' 역시 선생님 책에 종종 등장하는 단어입니다. 그런데 아마 한국 독자에게는 낯선 말일 겁니다. 이번 기회에 한국 독자들에게 무도적 사고의 진수에 관해 가르쳐 주십시오. 그 무도적 사고가 선생님의 삶에 미친 영향에 관해서도 들려주시면 감사하겠습니다.

아! '무도적 사고'라는 말이 한국에서는 일상적으로 쓰이지 않는군요. 듣고 보니 그럴 수도 있겠네요. 일본 무도는 종교성과 관계가 깊으니 그것을 이해하기가 어려울지도 모르겠습니다. 그래도 질문하신 만큼 이번 기회에 일본 무도의 정신성에 관한 이야기를 한번 풀어 보겠습니다.

일본 무도의 최대 특징은 '무도 기술의 향상과 종교적 성숙 사이에 상관관계가 있다'는 가설을 둔다는 점이라고 생각합니다. 즉 무도 기량이 향상되면 종교적인 깊이를 획득하고, 역으로 종교적 수행을 쌓으면 무도 기술이 향상된다고 보는 것이지요. 이 두 가지를 각각 인간적 성장의 발현이라고 봅니다.

스포츠 세계에서는 이런 말을 하지 않습니다. 물론 고도의 기량을 펼치는 운동선수는 자제심이 강하고 좀처럼 감정에 휩쓸리지 않으며 정치적 이데올로기나 신앙에 깊이 빠지지 않습니다. 어떻게 보면 당연할 수도 있는 것이 이런 요소는 모두 대인 관계를 망치는 요소가 될 수 있기 때문입니다. 여기저기서 다른 사람과 싸우거나 비판받거나 미워하거나 미움받을 위험성을 적절히 피할 수 있는 운동선수라면 감정적이고 쉽게 흥분하며 정치적 이데올로기나 특정 종교를 광신하는 선수보다 우수한 기량을 펼칠 확률이 높습니다.

하지만 바로 전언철회해서 그런 억제가 신체 기량 발휘에 긍정적 요인으로 작용한다는 것이 스포츠 세계에서는 상식인 것은 아닙니다. 오히려 천재적인 운동선수 가운데는 시민적 상식 정도는 태연하게 밟아 뭉개는 파괴적인 사람도 많습니다. 자신은 예외적인 존재이며 보통이 아님을 과시하는 모습은 운동선수뿐 아니라 배우나 음악가 가운데서도 볼 수 있지요. 자신은 보통이 아니라는 인상을 타인에게 보여 줌으로써 정말 '보통이 아닌 자신'을 만들어 내는 겁니다.

데뷔 직후의 비틀스나 소니 리스턴과 대전하기 전의 무하마드 알리의 인터뷰○ 영상을 보면 그들이 "우리는 세상의 상식 같은 것은 전혀 신경 쓰지 않는다"는 것을 어필하려고 필사적으로 궁리했다는 것을 알 수 있습니다. 그것이 효과가 있다는 것을 직감하기에 그러는 겁니다. '말도 안 되는 오만한 태도를 취하고 실패하면 엄청나게 두들겨 맞는다. 그러니 절대로 실패하면 안 된다.' 이 생각 속에 자신을 몰아넣고 폭발적인 기량을 끄집어내는 거죠. 이런 심리 기제를 이해하실 수 있으리라 생각합니다.

그래서 스포츠 세계에서는 선수에게 신사가 되라거나

○ 1964년 2월에 치러진 두 선수 사이의 경기에서 당시 22세의 무하마드 알리는 당시 최고의 복서 소니 리스턴을 이기며 세계 헤비급 챔피언이 되었다. 그때 신인에 불과했던 알리는 시합 전 인터뷰에서 "나는 링 위에 발을 올린 사람 중 가장 위대한 파이터로 남을 것이다"라는 자신감 넘치는 말을 남겼다.

시민적으로 성숙하라거나 종교적 깊이를 추구하라고 딱히 장려하지 않습니다. 물론 선수 가운데도 품위 있는 사람, 성숙한 어른, 독실한 사람이 있습니다. 그런데 "그 선수는 그런 사람이라서 대성했다"는 식으로 두 요소의 상관관계를 언급하는 일은 없습니다. 선수의 그런 면모는 '그 선수는 개를 좋아한다' 또는 '요리를 잘한다'와 같은 수준의 에피소드로 간주될 뿐입니다.

이 점에서 무도는 스포츠와 다릅니다. 무도에서는 기술 향상과 종교적 성숙 사이에 상관관계가 있다고 봅니다. 기량이 좋은 무도가는 반드시 종교적인 깊이를 갖추고 있습니다. 종교적인 면으로 연구를 깊이 거듭하면 기술 면에서도 눈부신 성장을 기대할 수 있습니다. 이런 완전한 상관관계가 상정되어 있습니다. 그리고 이런 생각은 아마도 전 세계에서 일본 무도에만 유일하게 나타나는 '민족지적 편견'이라고 해도 될 겁니다. (이슬람 연구자 야마모토 나오키山本直輝 선생에게서 이슬람의 수피즘에서도 비슷한 경향을 볼 수 있다는 이야기를 들은 적이 있지만, 일본과 중동에서만 나타나는 경향이라면 어쨌든 보편적이라고는 볼 수 없겠지요.)

일본의 유명한 무도가 다쿠안澤庵 선사가 이런 말을 한 적이 있습니다.

무도가는 승부를 다투지 않는다. 강약을 경쟁하지 않는다. 한 걸음 앞으로 나아가지도 않고 한 걸음 뒤로 물러나지도 않는다. 적은 나를 보지 않고 나도 적을 보지 않는다. 그렇게 해서 천지가 아직 나눠지지 않고 음양의 구별도 없는 곳에서 곧 해야 할 일을 한다.

다쿠안 선사는 에도시대 초기 선종禪宗 승려입니다. 에도시대 최강 검술 유파 중 하나인 야규 신카게류柳生新陰流의 2대 종가인 야규 무네노리柳生宗矩에게 무도의 요체를 설파한 자신의 저서 『부동지신묘록』을 건넨 사람입니다. 그의 또 다른 저서 『태아기』太阿記도 검객에게 무도의 진수를 설파한 책입니다. 다쿠안 선사는 자신은 무도가가 아니라 선승禪僧이라고 했습니다. 그런데 이 시대 종교인과 무도가 사이에는 선禪의 진수는 검의 진수와 통한다는 완전한 합의가 있었습니다. 그 합의란 한마디로 말하면 아집을 버리는 것을 목표로 해야 한다는 것입니다. '승패를 다툰다' '강약을 경쟁한다' '잘하고 못함을 따진다'는 것은 모두 서로 마주하고 있는 두 사람 사이의 상대적인 우열을 비교하는 일이지만, 일본 종교와 무도는 이 '상대적인 우열을 비교하는 마인드'를 어떻게 해소할 것인가를 수행의 목표로 삼아

왔습니다.

기묘한 이야기이지만 수행자들은 '이기려고 하면 진다' '강해지려고 하면 약해진다' '잘하려고 하면 못하게 된다'는 역설을 공통으로 이해하고 있었습니다. '자아' '주체' '아이덴티티' 같은 것은 수행을 방해합니다. 남과 자신을 비교해서 승자인지 강자인지, 잘하는 사람인지 아닌지를 따지는 것은 아집이고, 그 아집이 있는 한 수행의 길에서 앞으로 나아갈 수 없습니다. 그런 것을 뿌리쳐 버리지 않으면 안 되는 것이지요.

앞서 무도와 수행에 관한 이야기를 할 때 언급했듯이 이긴다는 것은 결코 좋은 일이 아닙니다. 이기면 그것이 성공 경험이 되기 때문입니다. 성공 경험이 있는 사람은 그 경험에 사로잡힙니다. 성공한 패턴을 반복하려고 하는 거죠. 그런데 그래서는 연속적인 자기 쇄신을 이룰 수 없습니다. 이긴 것을 기뻐하는 사람은 그때의 자신을 손에서 놓는 것에 강한 심리적 저항을 느끼게 됩니다.

격한 논쟁을 하고 논쟁의 적을 철저하게 논파한 후에야 자신의 이론이 틀렸다는 것을 자각하면 아주 곤란해집니다. "죄송합니다. 제가 틀렸습니다"라고 사죄하는 것은 논쟁에서 거둔 승리가 눈부시면 눈부실수록 어려운 일이 됩니다. 그러므로 논쟁을 좋아하는 사람은 자신의 이론에 오류가 있다는 사실을 자각할 기회를 무의식중에 꺼리게 됩니다. 무의식중이므로 어떻게 할 수도 없습니다.

그런데 학술적 지성은 자신의 오류를 가능한 한 빨리 자각하고 그것을 보완할 때가 아니면 진보할 기회가 딱히 없습니다. 논파하는 사람은 그런 기회를 스스로 짓밟는 것이지요. 무도 수행은 학술에서 가설의 고쳐쓰기와 구조적으로 똑같습니다. 연속적인 자기 쇄신입니다. 어제까지와는 다른 자신이 되는 것, 어제까지와는 다른 몸과 마음을 쓰는 것이 수행입니다.

그런데 시합에 이기거나 다른 사람보다 강해지는 것을 신경 쓰면 정작 자기 쇄신은 곤란해집니다. 그래서 "한 걸음 앞으로 나아가지도 않고 한 걸음 뒤로 물러나지도 않는다. 적은 나를 보지 않고 나도 적을 보지 않는다"는 경지에 이를 필요가 있는 겁니다. 상대적인 우열을 전혀 신경 쓰지 않는 경지 말입니다. 그러면 '천지미분음양불도'天地未分陰陽不到에 섭니다. 말은 어렵지만 '아직 기호적으로 분절되지 않은 세계, 아직 어떤 가치의 시스템에 의해 질서가 확립되지 않은, 성운 상태의 경위'에 서는 것입니다. 거기서 해야 할 일을 하는 것이지요.

여기서 중요한 것은 무엇이 옳은지, 어떻게 하면 효과적인지, 어떻게 하면 자신에게 이익이 되는지와 같은 간사함을 버리고 '무심'으로 대처하는 것입니다. 무도는 이 '무심의 경지'를 중요하게 여깁니다. 무도적 상황에서는 보통 상대가 자신을 향해 공격을 가해 오는 상태가 설정됩니다. 멍청하게 있으면 살상당할 위험이 있으므로 뭔가를 해야 합니다. 그런데 그때 적을 보고 그다음에 그의 공격을 예측하고 그에 대한 최적의 해법을 찾아 대응하면 늦습니다. 그래서는 시간이 너무 많이 걸립니다. 곧바로 대처하려면 아무것도 생각하지 않고 움직여야 합니다. 공격에 적절히 대응하는 것이 아니라 느닷없이 그 일이 하고 싶어져야 하는 것이지요. 맥락이 없어야 한다는 겁니다.

일본의 철도그룹 제이알JR에서 "그래, 교토에 가자"라는 관광 포스터 카피를 내세운 적이 있습니다. 손님을 모으는 데 꽤 효과가 있었던 카피라 지금도 계속 사용하고 있지요. 그 카피의 "그래"가 바로 '무심' '무맥락적'의 의미와 비슷합니다. 이래저래 여행 갈 곳을 생각해서 자료를 모으고 일정을 생각하고 나서 "자, 교토가 가장 적합하니 교토로 가자"라고 하는 게 아닙니다. 거리를 걷다가 혹은 밥을 먹다가 일손을 잠시 놓았을 때 갑자기 "그래, 교토에 가자" 하는 마음이 이는 것이지요. 이것이 무도에서 '기'機와 통하는 것입니다. 전 단계가 없습니다. 갑자기 일어나는 겁니다. 무도적인 '무심'과 '무맥락적인' 움직임이란 이런 것을 의미합니다. 느닷없이 어떤 동작이 하고 싶어진다. 그런데 그것이 결과적으로 공격에 대한 최적의 대응이 되는 겁니다. '결과적'으로 입니다. 그것을 목표로 한 것이 아닙니다. "왠지 그런 동작을 하고 싶어졌다"는 것뿐입니다. '대응한 것'이 아닙니다. 그렇기 때문에 결코 '상대에 뒤처지는' 일은 없습니다.

'대응한다'는 것은 '후수後手로 밀린다'는 의미입니다. 공격이라는 문제가 출제되었으므로 필사적으로 정답으로 대응하려고 하는 구조라면 공격해 들어오는 '적'이 문제를 만든 사람, 즉 출제자가 되고 '나'는 수험생이 됩니다. 출제하는 것도 채점하는 것도 '난제에 최적의 해법으로 대응한다'는 마인드로 움직이면 자기도 모르는 새 압도적으로 불리한 틀에 말리고 맙니다.

그러므로 '곤란한 상황에 던져졌으므로 이것을 어떻게든 넘어선다'는 생각을 해서는 절대로 안 됩니다. 그건 곧 '곤란한 상황'을 설정한 이에게 '후수로 밀리는 것'이 되니까요. 무심한 것으로 '선수/후수' '출제자/수험생' '난제/정답' 같은 틀을 아예 무효로 만들어야 합니다.

'무심'이란 "그래, 이것을 하자"와 같은 자발만이 있고 달성해야 할 목적이 없는 것입니다. 무엇을 위해 그런 일을 하고 싶어졌는지 자신도 잘 모릅니다. 가끔 훌륭한 기록을 세운 운동선수가 인터뷰에서 "이번 경기 결과는 그냥 과정일 뿐입니다"라는 말을 할 때가 있지요. 주변에서 "굉장하군요! 굉장합니다"라며 치켜세우는 것을 신경 쓰지 않고 "그냥 과정일 뿐입니다"라고 별것 아닌 듯 말하는 것은 이 선수가 '성공 경험'에 얽매이는 것을 두려워하기 때문입니다. 자신의 목표 달성을 성공으로 간주하고 다른 경쟁 상대에게 '이겼다'는 식으로 총괄하면 거기서 발전이 멈춰 버릴 위험이 있음을 선수는 경험으로 알고 있습니다.

그런데 "이것은 그냥 과정일 뿐입니다"와 같은 말을 별것 아닌 듯이 할 수 있는 것은 최정상 수준의 운동선수뿐입니다. 어제오늘 그 스포츠를 시작한 사람이 시합에 이기고 "이것은 그냥 과정일 뿐입니다"와 같은 말을 입에 담으면 코치로부터 "무슨 건방진 말을 하는 거야. 솔직하게 기뻐하란 말이야 바보야" 하고 야단맞을 겁니다.

그런데 무도의 경우는 어제오늘 시작한 사람이야말로 뭔가를 할 수 있게 되어도, 기술의 수준이 주위 사람과 비교해서 상대적으로 상위가 되었다고 해도(실은 그런 것을 신경 쓰면 안 되지만) 무조건 "이것은 그냥 과정일 뿐입니다"라고 말해야 합니다.

'도'道라는 것은 '그 전 여정이 지나는 과정과 같은 운동'을 의미합니다. 첫 한 걸음부터 숨이 끊어지기 직전 겨우 내디딘 한 걸음까지 그 모든 것이 '과정'이라서 어디에도 '완성'과 '최종 승리'와 '종점'이 없습니다. 그것이 '길을 걷는 것'이고, '수행'이라는 것입니다.

위에서 '무심'이란 '목적이 없는 것'이라고 이야기했는데, 그런 의미입니다. 오로지 '길'은 걷는 것만이 중요하고, 이 길의 최종 목표는 어디인지, 지금 나는 전 여정의 어느 지점까지 왔는지, 다른 사람과 비교해서 자신은 길을 얼마나 많이 답파했는지와 같은 물음은 그 어떤 의미도 없습니다.

그 긴 수행의 여정 어딘가에서 누군가에게 이겨도 누군가보다 강하게 되어도 누군가보다 잘하게 되어도 혹은 누군가에게 져도 누군가보다 약해도 누군가보다 못해도 그런 상대적 우열을 논하는 것에는 아무런 의미도 없습니다. 그 승패에 의미가 있다고 생각하면 거기에 얽매이기 때문입니다. 절대 얽매여서는 안 됩니다. 그것이 무도의 가장 중요한 가르침입니다.

결코 '해냈다'라든지 '알았다'라고 생각하지 않는 것, 자신을 '영원한 초심자'로 보고 오로지 계속 걷는 것. 이런 정신적인 태도가 종교와 친화성이 높다는 것은 아실 것으로 생각합니다.

종교도 또한 '초월'과 마주함으로써 연속적인 자기 쇄신을 이루는 '행'行입니다. 어떤 종교라도 진짜 신앙을 가진 사람은 "나는 신의 뜻을 완전히 이해했다"라든지 "나는 섭리의 모든 것을 알았다"와 같은 말을 입에 담지 않습니다. (때때로 그런 말을 입에 담는 사람이 있는데, 틀림없이 사기꾼입니다.)

신의는 가늠하기 어렵습니다. 그런데 가늠하기 어렵기 때문에 "신의에 관해 생각하는 것은 쓸데없는 일이니까 그만두자"라고 말하는 사람은 없습니다. 결코 메워지지 않는 결여가 거기에 있으므로 결여를 활발히 메우려는 것이 종교의 역설입니다.

이것도 제가 잘 드는 예인데, 유대교에는 '유월절'이라는 명절이 있습니다. 유월절을 기념하는 세대르(만찬) 때 식탁의 한 자리는 공석으로 두고 접시와 식기를 가져다 둡니다. 예언자 엘리야를 위한 자리이지요. 엘리야는 메시아를 암시하는 인물이므로 그 자리에 엘리야가 착석하면 이

윽고 기다리던 메시아가 도래한 것입니다. 그런데 그 자리는 과거 수천 년 전부터 쭉 공석이었습니다. 귀납적으로 추리하면 과거 수천 년 동안 공석이었던 만큼 올해도 공석일 개연성이 높으므로 "이제 이 자리에 식기를 챙겨 두는 의식을 그만하자"라고 할 수도 있겠지요. 하지만 유대인들은 그러지 않습니다. 비어 있는 엘리야의 자리는 유대인들의 메시아 신앙을 조금도 손상시키지 않습니다. 메시아는 다름 아닌 부재를 통해서 메시아를 기다리고 바라는 그들 신앙의 원점에 활기를 부여합니다.

사람의 지식으로는 가늠하기 힘든 경위를 계속 추구하는 사람과 평생을 바쳐서 수행해도 달성할 수 없는 목표(예를 들어 천하무적)를 끝까지 목표로 삼고 계속 걷는 사람의 정신 구조는 같습니다. 자신이 보잘것없는 존재라는 것은 조금도 부끄러워할 일이 아닙니다. 스스로를 미숙하다고 여기는 것을 오히려 기쁨으로 삼습니다. 앞으로 답파해야 할 끝없는 길을 목표로 "아, 계속 걷지 않으면 안 되는구나. 괴롭다, 힘들다"라고 생각하지 않고 그 끝없는 길을 걷는 것을 자신의 영광이라고 느끼는 것, 그것이 수행자의 자세입니다.

이런 자세는 자본주의 시장 원리나 경쟁의 원리와는

전혀 궁합이 맞지 않다는 것을 아시리라 생각합니다. 주식의 시가총액을 최대화한다거나 시장점유율을 높여 경합하고 있는 회사를 이긴다거나 라이벌을 밀어내는 등 상대적인 우열에 목매는 행동을 전부 금기로 여기니까요.

저는 자본주의는 이미 명맥이 끊어지고 있는 경제 시스템이라고 생각합니다. 상대적인 우열을 비교하고 경쟁에 이긴 사람에게 자원을 배타적으로 배분하고 진 사람에게는 아무것도 주지 않는 잔혹한 구조를 이제는 버려도 좋을 때라고 생각합니다. 저에게 '무도적 사고'란 자본주의 시스템에서 이탈해서 그것과는 다른 깊이를 지닌 풍부한 공간을 이 사회에 창출하기 위한 지침 같은 것입니다. 이렇게 말씀드리면 한국 독자들 가운데도 공감해 줄 분이 있을 거라 생각합니다만, 어떠신지요?

23 종교와 종교성

이번에는 종교와 종교성에 관한 질문을 드리고 싶습니다. 선생님께서는 샤쿠 뎃슈釈徹宗 선생님과 함께 영성과 종교, 종교성에 관해서도 책을 꽤 여러 권 쓰셨는데 그 책들을 읽어 보니 '진정으로 지성적으로 되려면 인간은 아무래도 종교적이지 않을 수 없다'는 느낌이 들었습니다. '지성적'인 것과 '종교적'인 것 사이의 관계성 또는 역동성에 관한 이야기를 들려주십시오.

제 책에서 여러 번 쓴 이야기인데요, 저는 '과학적 지성'과 '종교적 지성'은 본질적으로 같다고 생각합니다. 둘 모두 언뜻 무질서하게 일어나는 것처럼 보이는 현상 배후에 모

종의 아름다운 질서가 존재한다는 것을 직감하고, 그 질서를 알고자 하는 열정으로 작동하기 때문입니다. 과학은 그 질서를 '법칙'이라고 부르고 종교는 '섭리'라고 부릅니다. 차이는 이뿐입니다.

제가 굳이 말하지 않아도 알겠지만, 우리가 사는 세계는 극대부터 극소까지 사람의 지식을 넘어선 것으로 둘러싸여 있습니다. 그리고 지성은 사람의 지식을 넘어선 것의 영역으로 들어가서 그것을 1밀리미터라도 넓혀 인간이 살 수 있는 세계, 인간의 이치가 통하는 세계를 확장해 나가는 식으로 작동하는 것이라고 생각합니다.

'극대'나 '극소'에는 우주공학이나 최첨단 테크놀로지 같은 것만 있는 것이 아니고, 인간성 같은 것도 있습니다. 타인을 향한 폭력을 억제할 수 없는 사람이 있다고 가정해 봅시다. 그런 사람은 (폭력이 정당화될 수 있는) 기회만 있으면 주저하지 않고 타인의 몸과 마음을 훼손시킵니다. 주저하기는커녕 기쁘게 그런 일을 저지릅니다. 아니, 거기까지 가지 않더라도 타인에게 모멸감을 줄 기회를 놓치지 않는 사람이 있습니다. 타인에게 자신의 권력과 재능을 과시하기를 억제하지 못하는 유형의 사람이지요. 그런 사람은 주변 사람들의 삶에 대한 의욕을 말살하는 일에 아주 근면합니다. 그들을 움직이는 '충동'도 저는 인간의 지식을 넘어선 것 중 하나라고 생각합니다. 이것을 '악'의 문제라고 말할 수 있을지 모르겠네요.

'이 세계에는 왜 악이 존재하는가.' 이것은 과학적 지성의 연구 대상은 아니지만 종교적 지성에서는 아마 최우선의 연구 과제일 겁니다. 저는 최첨단 자연과학에 관해서는 지식이 거의 없고, 그런 문제는 전문가에게 맡깁니다. 하지만 인간의 몸과 마음의 작동에 관해서라면 저 자신의 몸과 마음이라는 실체를 가지고 있고, 이를 평생 연구할 시간도 있습니다. 그러므로 저는 '인간 안에 있는 인간의 지식을 넘어선 것'에 관해 조금이라도 더 이해하는 것을 저의 지적 과제로 받아들이고 있습니다. 이렇게 인간이 살 수 있는 세계, 인간의 이치가 통하는 세계를 조금씩 넓혀 가고 싶습니다. 이 행위는 '인간'이라는 말의 정의를 어느 정도 고쳐 쓰는 일이기도 하고 동시에 '이치'라는 말의 정의를 어느 정도 넓히는 일이기도 합니다. '악'의 문제는 아마도 '인간성이란 어떤 것인가?'와 같은 물음의 가장 깊은 곳에 있다고 생각합니다. 그리고 그것을 거의 전면에서 다루는 것이 종교적 지성이라고 저는 생각합니다.

'이 세계에는 왜 악이 존재하는가?'는 변신론°의 근간을 이루는 질문입니다. "왜 신이 창조한 세계에 악이 존재하는가? 창조주가 전지전능하다면 악이 존재할 리가 없다. 악이 존재한다면 이 세계는 신이 창조한 것이 아니지 않은가?"와 같은 대답하기 곤란한 질문에 대응해 신을 정당화하려고 하는 것이 변신론입니다. 변신론을 주장하는 이들의 이야기는 고대부터 다양하게 전개되었지만, 어떤 신학자도 모두를 설득할 수 있는 최종적인 해답에 당도하지는 못했습니다. 하지만 '악은 왜 존재하는가'라는 물음을 정면돌파함으로써 종교적 지성의 인간성에 관한 이해는 깊어졌다고 생각합니다. 물론 "깊어진 결과가 고작 이 정도야?"라고 한다면 종교적 지성은 별로 대단한 공헌을 하지 않았다는 말을 들어도 반론할 수 없겠지만요.

다음으로 '구원'에 관해서 이야기해 보자면, 구원이라는 개념이 추구하는 것은 '가능한 한 긴 기간time span을 두고 사고하자'는 것이 아닐까 생각합니다. 미륵보살은 부처가 입적한 후 56억7천만 년 후의 미래에 이 세계에 나타나

○ 辯神論, theodicy. 이 세상의 악에 대한 책임이 신에게 있다는 비난에 대해 악의 존재가 신의 의지에 반反하는 것이 아니라고 주장하며 신을 변호하는 이론. 독일의 라이프니츠가 제창했다. 신의론, 신정론이라고도 한다.

서 사람들을 구제한다고 합니다. 유대교는 메시아의 재림을 믿는 종교이지요. 메시아가 언제 올지는 알 수 없습니다. 내일일지도 모르고 56억 년 뒤일지도 모릅니다. 기독교와 이슬람교도 '최후의 심판'을 믿음으로써 성립하는 종교지만 최후의 심판이 언제일지는 모릅니다. 역시나 내일일지도 모르고요. 구원을 믿으려면 세상일을 천문학적인 기간 속에서 사고하는 습관을 익혀야 합니다. 저는 이것이야말로 구원이라는 종교적 개념의 본질이라고 생각합니다. 『도덕경』에 이런 구절이 나옵니다.

> 大方無隅 大器晩成 大音希聲 大象無形 (대방무우 대기만성 대음희성 대상무형)
> 큰 사각은 귀퉁이가 없고 큰 그릇은 다 구워져서 완성될 때까지 긴 시간이 걸리며 큰 소리는 들을 수 없고 큰 형상은 형태가 없다.

지금은 이 중에 대기만성이라는 말만 이따금 쓰이지만, 저는 이 말을 매우 귀중한 가르침으로 생각합니다. '크다'는 것에는 굉장히 깊은 의미가 있다는 것을 가르쳐 주는 말이기 때문이지요. 노자가 말하는 '크다'는 것은 '지금 내 수중의 잣대로는 계량할 수 없다'는 의미입니다. 그러니 '크다'는 것에는 사실 크다는 형용사를 적용해서도 안 되지요. 갖다 댈 잣대가 없으니 큰지 아닌지조차 모르기 때문입니다. '정말로 큰 것은 우주적인 규모 안에 두어야만, 거시적으로 보아야만 그 가치를 알 수 있다'는 것이 노자의 가르침입니다.

종교적 지성이란 '크기'를 경외하는 마음을 의미합니다. 인간의 도량형으로는 결코 측정할 수 없고 사유할 수 없는 것과 마주했을 때 자신의 무력감과 초라함을 직면하는 것을 의미합니다. 자신이 무력하고 초라한 존재라고 해서 위축되거나 무력감에 사로잡힐 필요는 없습니다. "내가 지금 고민하는 것과 부족하다고 느끼는 것, 내가 욕망하는 것은 그것에 마음을 빼앗길 만큼 '큰 것'이 아니다"라는 것을 깨달음으로써 그 집착에서 벗어나면 어느 정도 쿨해질 수 있습니다.

구원은 본래 인간의 도량형으로는 측정할 수 없는 것에 압도당하는 경험을 의미합니다. 따라서 '믿는 사람은 구원받는다'라는 말은 어느 정도 사실일지 모르겠지만 '믿지 않는 사람은 구원받지 못한다'는 말은 사실이 아닙니다. 하나님과 부처를 믿지 않아도 세계의 무한함을 실감할 수 있는 사람은 이미 구원을 받은 겁니다. '큰 것'에 대한 경외심을 갖고 있을 테니까요. 저는 그렇게 생각합니다.

VII 평생 배움의 길

24 직감을 따르는 용기

선생님은 평소 '잘 살기 위한 리터러시'를 강조해 오셨지요. 선생님의 젊은 시절과 지금 젊은 세대의 모습이 어떻게 같고 다른지 궁금합니다. 젊은 세대에게 선물하고 싶은 메시지가 있으시다면 들려주세요.

젊은 세대에게 선물하고 싶은 말이라면, 제 말보다는 애플의 창업자 스티브 잡스의 2005년 스탠포드대학 졸업식 축사를 전하고 싶습니다. 영상으로도 있으니 아직 안 보신 분들은 꼭 한번 찾아보세요.

그중에서도 특별히 잊을 수 없는 대목은 "가장 중요한 것은 당신의 마음과 직감을 따를 수 있는 용기다. 당신의 마음과 직감은 이미 당신이 진심으로 무엇이 되고 싶어 하는지를 알고 있다"[18]는 말이었는데요, 이 말을 읽을 때는 주의가 좀 필요합니다. 잡스가 "가장 중요한 것은 당신의 마음과 직감을 따르는 '일'"이 아니라 "당신의 마음과 직감을 따르는 '용기'"라고 말했다는 점이지요. 왜 용기가 필요할까요? 이유는 보통 마음과 직감에 따르려고 하면 주변 사람들 대다수가 반대하기 때문입니다. "그만둬" "그런 일은 누구도 하지 않아" "너는 그 분야에 전혀 재능이 없어" "그 일해서 뭐 먹고 살 건데?" 같은 말을 하면서요.

물론 "앞으로는 제 마음과 직감에 따라 살 겁니다"라고 선언했을 때 여기저기서 박수갈채를 받는 환경에 살고 있다면 딱히 용기가 필요 없을 겁니다. 용기가 필요한 순간은 주위의 압도적 다수가 당신이 마음과 직감에 따르는 걸 반대할 때이지요.

진심으로 되고 싶은 사람이 되는 길을 선택하려고 하면 주변에 반대하는 사람이 생기기 마련입니다. 그들은 당신이 왜 그런 사람이 되고 싶다고 생각하는지 모르니까요.

하지만 마음과 직감은 어째서인지 그걸 압니다. "왜 그런 사람이 되고 싶냐"는 질문을 받으면 모른다고 대답할 수밖에 없을 때도 있습니다. 머리로 생각해 낸 게 아니라 몸속 깊은 곳에서 떠오른 것일 테니까요. 그런데 그냥 거기 따르면 됩니다. 사람은 왠지 어떤 삶을 살아야 자신의 사는 힘과 지혜가 가장 높아지는지 알기 때문입니다. 자신의 마음과 직감에 따르려면 용기가 필요합니다. 용기란 고립을 견디는 데 필요한 자질입니다.

현대 일본 사회에서는 누구도 아이들에게 용기를 가지라고 가르치지 않습니다. 고립을 견디는 것과 소수파로 있는 상태를 견디는 것의 중요성도 가르치지 않지요. 그것보다는 친구를 만들어서 집단으로 행동하는 것, 마땅히 되어야 할 다수파를 따르는 편을 가르칩니다. 친구가 없고, 속한 집단이 없고, 다수의 일원이 아닌 것에는 공포를 느끼도록 가르칩니다. 쭉 이렇게 교육했으니 일본 젊은이들이 두려워하거나 자신 없어 하고, 주변 눈치를 살피고, 다수의 무리에서 벗어나지 않으려는 성향을 갖게 된 것은 어쩔 수 없는 일입니다. 그렇게 하라고 쭉 주입받아 왔으니까요. 그 바람에 사회는 점점 활기를 잃어 갑니다. 어느 분야에서도 혁신innovation이 일어나지 않게 되었습니다. 완전히 잃진 않았지만 적어도 제가 젊을 때 느꼈던 활기는 일본에서 완전히 자취를 감추었습니다. 부디 한국의 젊은이들은 일본의 실패를 반복하지 않기를 바랍니다.

25 학지의 의미

마지막으로 선생님이 학자로서 지금까지 만들어 오신 '학지'가 있으면 가르쳐 주시면 감사하겠습니다.

마지막까지도 그간 일본의 어떤 미디어에서도 들어 본 적 없는 질문이군요. 앞서 몇 번 이야기했듯이 제가 장기간에 걸쳐 전문적인 교육을 받은 것은 20세기 프랑스 문학·철학 연구와 합기도, 두 영역입니다. 두 영역에 관해서는 그것으로 밥을 벌어먹을 수 있을 정도의 교육을 받았지요.

프랑스 문학·철학의 연구에 관한 업적으로는 제 '레비나스 삼부작'[19]과 『전-철학적』[20]이라는 책에 수록된 몇 편의 학술 논문이 있습니다. 『사가판·유대문화론』[21]도 오랜 기간에 걸친 사상사 연구의 성과이므로 학술적 업적으로 분류할 수 있겠고요. 조교 시절부터 쓴 학술 논문 대다수가 나중에 단행본으로 출간되었습니다. 그 가운데는 상을 받은 것도 있으니 학자로서의 인생은 꽤 은혜로웠다고 생각합니다.

단, 저는 프랑스 문학·철학 연구자로서는 그다지 높게 평가받지 못했습니다. 아니, 솔직하게 낮은 평가를 받았다고 말하는 것이 좋겠군요. 미디어에 출연할 때 제게 따르는 직업명은 주로 '사상가' 또는 '무도가'입니다. 번역가로 소개되는 때도 있고 평론가, 철학자라 불리기도 하지요. 하지만 불문학자로 등장한 적은 단 한 번도 없습니다. 왜 일본의 미디어는 저를 불문학자로는 인정하지 않을까요? 여기에는 미디어 측의 어떤 암묵적인 합의가 있으리라 생각합니다. 저는 사상가나 평론가이기는 해도 학자는 아니라는 합의 같은 것 말입니다. 왜 저는 학자로서는 인정받지 못할까요?

언젠가 친구이자 동료 연구자로부터 이런 이야기를 들었습니다. 어느 학회 뒤풀이 자리에서 젊은 연구자들과 수다를 떨다가 우연히 제 이야기가 나왔다고요. 그 자리에 있던 40대 연구자들이 입을 모아 "우치다는 좀……" 하는 식의 신랄한 평가를 했다고 합니다. 왜 그렇게 생각하느냐고 물었더니 "자기 전공 밖의 일에 너무 많이 참견한다"고 답했다더군요. 이런 평이 저를 따라다니는 것 같습니다. "왜 하나의 전공 영역에 자신을 한정하지 않고 여기저기 입을 대는가?" 그들의 그런 말본새에는 일종의 분노도 느껴집니다.

그들이 보기에 저는 '규칙'을 위반하고 있을 겁니다. 그 '규칙'이라는 것을 그다음 세대의 젊은 학자들도 아마 연구자, 학자로 살기로 선택한 시점에서 받아들였을 겁니다. 받아들이지 않으면 학계에서 살 수 없다고 생각했기 때문이겠죠. 하지만 저는 계속 규칙을 위반하면서 여전히 대학 교사 일을 하고 연구서를 써 왔습니다. "우치다의 경우는 어디까지나 예외이고, 그런 삶은 본래 학자에게 허용되지 않는다"는 암묵적인 합의가 생겼겠지요. 제 삶을 '학계에 대한 경의가 결여된 것'으로 간주한다면 그들이 왜 분노하는지도 알 수 있습니다.

그렇다면 제가 위반한 '규칙'이라는 게 과연 뭘까요? 그것은 제가 연구 대상에 대해서 '한눈에 내려다보며 가정하는 관점'을 취하지 않는(혹은 못하는) 것에 있으리라 생각합니다. 학술 논문에서는 대체로 '우리'라는 주어를 사용합니다. 그것은 연구를 이끄는 주체를 개인이 아니라 '집단적인 지성의 기능' 같은 것으로 생각하기 때문입니다. 추상적이고, 투명하며, 어떤 주관성에서도 이탈해 있고, 개인사도 없으며, 당연히 신체도 가지고 있지 않은 '우리'가 연구의 주체로 자리 잡고 있습니다. '우리'는 높은 곳에서 자신의 연구 여정을 한눈에 내려다봅니다. 이것이 학술 논문을 쓸 때의 기본 작법입니다. 논문의 서문에서 '우리'는 앞으로 해나갈 연구의 전 과정을 한눈에 내려다보고 논의 전체를 대강 요약해서 어떤 결론이 나올지를 예시할 수 있는 이로 등장합니다. 본격적인 논의가 시작되기 전에 이미 논문의 결론까지 알고 있는 존재입니다. 그런 관상觀想적인 '우리'라는 주체 없이는 학술 논문을 쓸 수 없습니다.

저도 어느 시기까지는 그런 스타일로 글을 썼습니다. 서론을 쓰는 시점에서 이미 결론까지 내다본 '투명한 지'知의 이름으로 논문을 썼지요. 아마 저의 『전-철학적』이라는 책을 읽은 분이 계시다면 미묘한 위화감을 느끼셨을 겁니다. '이 책에 수록된 논문들은 우치다 다쓰루의 다른 책에서 볼 수 있는 글과는 많이 다르구나' 하는 식으로요. 제가 읽어도 그렇습니다. '관상적 주체'로서 쓴 글들이기 때문이지요. '그 주제와 관련해 필요한 학술 정보를 '우리'는 상공에서 내려다보고 있으며 그것들을 숙지한 후에 쓴다'는 것이 학술 논문의 기본 작법입니다.

그래서 학회에서 발표하는 사람에게 "지금 발표하는 논문과 주제가 같은 ○○○ 논문은 읽었습니까?"라고 질문하는 것은 치명적일 수 있습니다. 그 질문에 대해 모른다고 대답하는 것은 학계 기준에서는 실패를 인정하는 것이기 때문입니다. 저는 학회에서 그런 장면을 몇 번 봤습니다. 그리고 "○○○ 논문은 읽었습니까?"나 "왜 ○○○ 논문에 관해서는 언급하지 않습니까?" 같은 질문을 던져서 발표자의 빈틈을 하나라도 지적하면 발표자에게 치명상을 입히는 '학계의 규칙'에 대해 언젠가부터 깊은 의구심을 품게 되었습니다. '자신의 주장을 펼쳐 나가는 여정 전체를 한눈에 내려다본다는 설정이 과연 필수여야 할까? 자신의 생각을 포괄적으로 말하는 게 연구에서 얼마나 본질적인 걸까?' 하고 의심하기 시작한 거죠.

"꽤 독창적이고 생산적인 아이디어를 제시했지만, 이에 관해 연구하는 사람이라면 당연히 읽었어야 할 기초 문헌을 읽지 않았기 때문에 학술적으로는 가치가 없다"는 추론은 잘못된 것이라고 생각합니다. 학문은 '집단적 영위'이기 때문입니다. 누군가 어떤 지식이 부족하다고 해도 그 지식을 가지고 있는 다른 누군가가 "여기요! 여기 있습니다"

하며 빈틈을 메워 주면, 그 사람의 연구 중 가치 있는 것은 그대로 건져 낼 수 있습니다. 통째로 쓰레기통에 던져 버리는 것보다는 가치 있는 부분만이라도 건져 내는 편이 훨씬 생산적이겠지요.

무엇보다 제가 '풍요로운 연구'라고 평가하는 것은 그 사람이 한 연구 덕분에 반론이든 옹호든 해석이든 조술이 풍부해지는 겁니다. 많은 사람이 그 연구의 주제에 대해 더 많이 이야기하도록 이끄는 연구이지요. 집단적인 앎의 활동을 촉발하는 연구입니다. 집단의 퍼포먼스를 향상하는 사람을 저는 '지성적인 사람'이라고 생각합니다. 어느 시기부터 이런 생각을 갖게 되었습니다.

젊은 학자들이 제 태도를 규칙 위반이라고 느낀 이유는 단지 제가 전공 이외의 이런저런 분야에 입을 대기 때문만은 아닐 겁니다. 그보다는 제가 '우리'라는 익명이 보장된 앎의 주체로서 말하지 않기 때문인 듯합니다. 저는 신체와 개인사를 가지고 저의 고유한 무지와 편견, 감정에 사로잡힌 한 인간으로서 연구합니다. '우리'를 버리고 '나'라는 1인칭 단수형으로 말합니다. 아마 이것을 규칙 위반이라고 여긴 듯합니다. 왜냐하면 무지나 편견을 가진 입장에서도 말할 수 있다면 어떤 것에 관해서도 무엇이든 말할 수 있게 되니까요. 정말 그렇습니다. 제가 어떤 일에든 딱히 절제하지 않고 입을 대는 것은 무엇이든 말할 수 있기 때문입니다. 저는 "'우리'라는 커다란 주어로 말하지 않는다. 고유한 '나'로서 말하고, 내 말에 대한 책임은 나 혼자 진다"는 생각을 가지고 있습니다. 딱히 진리의 이름으로 말하는 것이 아니며, 제 개인의 의견을 말할 뿐입니다.

여기서 오해하면 안 되는 것이, 당당히 이런 각오를 밝힐 수 있는 것은 학자들의 그 집합적인 영역을 깊이 신뢰하기 때문입니다. '학술적 공헌'이라는 것을 제가 완수할 수 있다면, 그것은 집합적인 지적 생산 가운데 '저 말고는 누구도 할 수 없는 일'을 제가 해냄으로써 할 수 있는 것이지 '다른 사람도 할 수 있는 일을 그보다 능숙하게 함으로써' 할 수 있는 건 아닙니다. 제가 저의 일을 하는 것은 제가 다른 연구자들에게 기대를 걸고 있기 때문입니다. 제가 제 나름의 단편적인 일을 할 수 있는 것은 저의 단편적인 앎을 다른 연구자들이 만들어 낸 집합적 학지에 포함시켜 주면, 그것도 그 나름의 유용성을 가질 수 있다고 믿기 때문입니다.

혼자서 모든 것을 다 할 필요는 없습니다. 야구로 치면 혼자 던지고 받고 수비까지 모두 다 할 수는 없는 노릇이지요. 만약 우익수라면 우측 외야만 잘 지키면 되지 혼자서 필드 전체를 뛰어다닐 필요는 없습니다. 그저 우측 외야에서 본 해 질 무렵의 하늘 색깔이나 불어온 시원한 바람의 온도, 관중의 목소리, 바람에 실려 온 감자칩 냄새, 라이트 플라이를 잡을 때 부딪힌 펜스의 감촉을 충실히 경험하고, 그때 자신이 서 있던 우측 외야에 없었던 선수나 구장에 없었던 사람들을 위해 기억하고 기술하는 편이 훨씬 유용할 겁니다. 저는 어느 시기부터 이렇게 생각하게 되었습니다.

제 일은 극히 단편적인 것에 불과합니다. 제가 살펴본 문헌이나 자료는 제가 직감적으로 손에 쥔 것일 뿐 체계적이지도 포괄적이지도 않습니다. 그런데 그래도 되지 않을까요? 그건 제 고유한 '단편성'이니까요. 제가 어떤 책을 읽거나 읽지 않는 것은 제 나름의 무의식적 선택의 결과입니다. 하지만 이런 말을 허락한다면 나의 '단편성'은 나만의 것이고, 나의 무지도 나만의 것이며, 그 단편성과 무지에는 나의 고유명이 각인되어 있습니다. 그리고 저는 "이런 고유명이 각인된 무수한 단편성과 무지의 총합으로 집합적인 학지가 성립한다"고 생각합니다.

연구 논문을 쓸 때 '우리'라는 큰 주어로 말할 필요가 없다고 생각하고 나서 저는 상당히 자유로워졌습니다. 만약 제가 '우리'로 시작하는 학술 주체를 고집했다면 '레비나스

3부작'은 쓰지 못했을 겁니다. "리투아니아의 역사와 지정학을 알고, 러시아어와 독일어와 히브리어를 습득하고, 학문을 열심히 하는 랍비 밑에서 탈무드의 변증법을 배우지 않고는 레비나스를 말할 권리가 없다"라고 말하거나 "애초에 반反유대적 박해도 전쟁도 포로 생활도 홀로코스트도 경험하지 않은 인간에게 레비나스를 말할 자격은 없다"라고 말하는 사람이 있으면 입을 다물 수밖에 없었을 테니까요. 하지만 저는 그렇게 입 다물고 싶지 않았습니다.

'제자'의 포지션에서 글을 쓰고 싶었기 때문입니다. '우리'라는 조감적·관상적인 주체 포지션에서 쓰기를 단념하고 연구 대상에 대해 잘 모르지만 더 알고 싶다는 욕망에 이끌려 쓰는 쪽을 선택했습니다. 그래서 서론에서 전체를 조감할 수도 없었고, 어떤 결론에 이르기 위해서 부족함 없이 모든 재료를 갖출 수도 없었습니다. 직감에 이끌려 쓰다 보니 때로는 좋은 상태로 전망이 서는 일도 있었고, 막다른 골목에 들어서 분기점까지 되돌아갔다가 다시 시작한 때도 있고, 같은 이야기를 몇 번이나 반복한 경우도 있었습니다. 이런 글쓰기는 모두 '우리'가 한눈에 내려다보며 쓰는 학술 논문에서는 용납할 수 없는 일입니다. 하지만 저는 어느 시기부터 아무리 서툴러도 '솔직하게 쓰기'를 가장 우선시하게 되었습니다. 그 결과 제가 쓰는 것은 모두 긴 '단편'이 되었습니다. 지극히 개인적인 식견이 된 거죠. 그래도 집합적인 학지의 소재 정도는 될 것 같아서 계속 이렇게 쓰고 있습니다.

저는 '학자의 야심은 결정판 연구 논문을 쓰는 것'이라고 생각하지 않습니다. "그 사람이 그 논문을 쓰는 바람에 이제 아무도 그 분야에 관해서는 이야기하지 않게 되었다"와 같은 결과물을 내는 것이 학자의 영광이라고도 생각하지 않습니다. 학자라면 오히려 "그 사람이 그 논문을 쓰는 바람에 '나도!' '나도!' 하며 그 분야에 관해 이야기하는 사람이 여기저기서 나왔다"는 데 기뻐해야 하지 않을까요?

안타깝게도 학문을 저처럼 이해하는 사람은 일본의 학계에서는 예외적 소수입니다. 학술 연구는 집단의 영역이며, 모든 연구자는 연구자 집단이라는 '다세포 생물'을 형성하고 있어 자신 역시 그중 하나의 세포라고 생각하는 것은 그다지 일반적이지 않습니다.

제가 학자로서 만들어 온 학지가 무엇이냐는 질문에 대한 제 답은 "그런 것은 없다"입니다. 저는 학지를 집합적인 것이라고 생각합니다. 저는 그 집합적 학지의 소재로 사용될 수 있는 단편을 레비나스나 카뮈에 관해서 또는 무도에 관해서, 나아가 영화에 관해서 손수 만들어 왔습니다. 앞으로도 저는 저만의 '벽돌'을 손수 만들어 갈 계획입니다. 그것을 후세의 누군가가 주워서 "앗, 이 벽돌은 이 건물 재료로 사용할 수 있겠구나" 하고 생각해 준다면 그것보다 더 큰 기쁨은 없을 겁니다.

나오는 말

어른이 되어 달라는 부탁

마지막까지 읽어 주셔서 고맙습니다. 어떠셨는지요?

작년 늦봄부터 올해 초봄까지 이어진 긴 문답의 여정을 마치고 교정지를 통독하고 나니 이 책 전체를 관통하는 주제는 확실히 '배움'인 것 같습니다. 이 기획이 성사된 이유가 최근 한국 사회가 배움에 좀 더 의욕적인 방향으로 나아가고 있다는 실상을 반영한 것이라면 매우 기쁘고 의지가 되는 일이라고 생각합니다.

배움은 이 책에서도 반복해서 이야기한 것처럼 무방비, 즉 모종의 순수함innocence 없이는 달성할 수 없습니다. 지나치게 방어적이거나 늘 주변 사람과의 상대적 우열·강약·승패를 신경 쓰는 사람은 좀처럼 무방비·무구·천진할 수 없습니다. 조금이라도 방심하면 누군가로부터 비판받거나 허점을 보일 수 있고 공격받는다고 생각하는 사람이라면 어쩔 수 없이 그렇게 될 수도 있다고 생각합니다만, 그런 방어적인 사람은 연속적인 자기 쇄신을 할 수 없습니다. 자기 쇄신 없이 인간은 성숙할 수 없지요. 지식과 기술이 아무리 더해져도 그건 성숙이 아닙니다. 사람은 배우지 않고 성숙할 수 없습니다.

지금의 한국이 집단으로서 성숙을 향해 가고 있다면 이웃 나라 사람으로서 그만큼 기쁜 일은 없을 겁니다. 저는 한일 양국의 우정과 연대가 동아시아의 지정학적 안정을 위해 필수라는 정치적 입장을 가지고 있습니다. 제 일은 일본인들을 향해 "어른이 되어 달라"고 간청하는 것입니다. 여러분은 여러분 주변을 향해 "어른이 되어 달라"고 간청해 주세요. 두 나라에서 함께 일어날 이 간청 활동이 지금보다 나은 미래를 만들 밑거름이 되기를 간절히 바랍니다.

마지막으로 이런 재미난 책을 기획하고 출판해 주신 유유출판사의 조성웅 대표와 사공영 편집장, 번역의 노고를 맡아 주신 박동섭 선생에게 진심으로 감사드립니다.

지혜의 전도자 일을 전도하기

우리가 선생님을 경애하는 것은 선생님이 나의 '유일무이성'의 보증인이기 때문입니다. 만약 제자들이 그 선생님으로부터 '똑같은 것'을 배웠다고 한다면 그것이 아무리 훌륭한 기법이라 하더라도 또 아무리 훌륭한 견해라고 하더라도 배운 것의 유일무이성은 손상을 입게 됩니다. 왜냐하면 자신이 없어도 다른 누군가가 선생님의 가르침을 전할 수 있기 때문입니다.

하여 제자들은 선생님으로부터 결코 똑같은 것을 배울 수 없습니다. 한 사람 한 사람이 자신의 그릇에 맞추어서 각각 다른 것을 배우는 것, 그것이야말로 배움의 창조성, 배움의 주체성입니다.

이 책의 일본어와 한국어 원고 그리고 우치다 선생으로부터 막 도착한 '들어가는 말'과 '나오는 말'을 반복해서 읽고 옮긴이 후기를 써 보려고 컴퓨터 앞에 앉았는데 문득 위 문장이 소환되었다.

이 문장은 12년 전에 내가 처음으로 번역한 우치다 다쓰루 선생의 『스승은 있다』의 한 구절이다. 처음 이 문장을 보고 한국어로 옮기고 나서야 비로소 나는 번역하는 일의 의미에 깊게 닿았다고 생각했다.

이 책을 번역하면서 다른 사람의, 나 자신과는 전혀 다른 논리 전개 방식과 감정의 움직임에 동조함으로써 내가 다루는 언어와 사고를 갱신해 나가는 것이 아주 즐거운 일이라는 것을 새삼 느낄 수 있었다. 나 자신의 틀을 그대로 유지하면서도 알 수 있는 것이라면 다른 사람이 쓴 책 같은 것을 굳이 읽지 않아도 된다. '내가 이미 알고 있는 것'의 목록 같은 거라면 아무리 수평적으로 늘려 보아도 내게는 별로 재미가 없다.

상상이기는 하지만 자기가 자신 이외의 누군가로 되어 보지 않으면 알 수 없는 것에 나는 흥미가 있다. 물론 내가 여기서 '이외의'라고 부르는 것에는 중요한 조건이 있다. '동조할 수 있을 정도의 이질성 혹은 이타성'이다. 우치다 선생의 말은 내 안에서 자연 발생적으로는 절대로 나올 수 없는 것으로, 그 말에 닿음으로써 내 안의 뭔가가 구제를 받고, 얼어붙어 있던 것이 소생하고, 경직되어 있던 것이 흐물흐물해지고, 멈춰 있던 것이 움직이기 시작하는 그런 말이다.

나는 선생의 가르침을 이어받아 이런 말을 '몸속에 쏙 들어오는 말'이라고 부르고 있다. '이해할 수 있는 말'과 '몸속에 들어오는 말'은 다르다. 몸속에 들어오는 말은 머리로는 이해할 수 없어도 몸속 어딘가에 머문다. 그리고 책을 읽은 후에 '맥주가 마시고 싶어졌다' '오랫동안 소식이 끊긴 친구에게 갑자기 연락하고 싶어졌다'와 같은 급작스러운 반응을 불러일으킨다.

몸속에 들어오는 말은 당시에는 이해하지 못해도 읽은 사람의 생명 활동에 관여하게 된다. 말을 '이해하는 것'과 말과 '함께 사는 것'은 이렇듯 다르다. 그러고 보면 나는 늘 이 말들을 이해하기보다는 '함께 사는 편'을 택했다.

『스승은 있다』는 중고등학생 독자를 향해 쓴 책이므로 사용하는 어휘나 문체 그리고 논리 전개가 감촉이 좋고 부드러워서 언뜻 보기에 어렵지 않다. 그런데도 그 글귀를 삼켜서 내 것으로 만드는 데 꽤 많은 시간이 걸렸음을 새삼 고백할 수밖에 없다. 그 메시지는 나에게 목구멍에 걸린 채 삼키지 못한 생선 가시같았다. 그래서 나는 그 가시가 시시각각으로 안겨 주는 통증을 피하려고 뭔가를 마실 때나 먹을 때 그리고 말할 때도 그것을 건드리지 않도록 이런저런 궁리를 계속했다. 그러다가 나도 모르게 생선 가시 성분인 칼슘을 녹일 수 있는 음식을 골라 먹게 되었다. 그런 시간 속에서 어느 날 문득 자각해 보니 생선 가시가 소화되어서 사라지고 없는 것이다. 이 사태를 다음과 같이 표현할 수도 있을 것이다.

몸속에 머문 말은 시간이 지남에 따라 몸속 깊숙이 가라앉는다. 그렇게 가라앉은 말은 내 몸 안에서 오랜 시간을 들여서 천천히 '발효'한다. 그리고 거기서부터 어느 날 한 방울 두 방울 거품이 나와 의식의 표층까지 도달했을 때 나는 무심코 "알았다"고 무릎을 치게 된다.

그 덕분에 스승의 글귀를 나 자신의 어휘꾸러미로 겨우 말할 수 있게 되었다.

스승의 경지에 닿지 못하는 것은 앞으로도 여전히 쭉 그럴 것이다. 그리고 그 '이해의 닿지 못함'은 제자인 '나'에게만 고유한 일이라서 나 이외의 그 누구도 감지할 수 없는 종류의 '나 혼자서만 가능한 이해의 닿지 못함'이다. 이 '나 혼자서만 가능한 이해의 닿지 못함'은 나 혼자서만 느낄 수 있는 '배움의 즐거움'을 선사해 준다.

'나 혼자서만 가능한 스승에 대한 이해의 닿지 못함'이라는 의식을 유지하고 키우고자 나는 선생님의 가르침을 '나'만 할 수 있는 방법으로 사람들에게 전하는 일을 찾아보기로 했다. 그 일이 바로 전 세계에서 유일한 '우치다 다쓰루론'을 쓰는 것이었고, 그 일은 이번처럼 선생의 책을 일본이 아닌 한국에서 먼저 출간하는 전대미문의 작업으로 연결되었다.

그런데 실은 이 생각은 일이 일어나고 난 뒤 '사후적'으로 하게 된 것으로 사전에 이러이러한 일을 해야 하겠다는, 확실한 계획이나 전략이 있었던 것은 아니다. 그러한 것들이 없었음에도 돌이켜 보면, '미래의 미지성'未知性에 몸과 마음을 맡긴 것만은 확실하다. 나는 그것을 선생의 가르침을 이어받아 '무도적 사고'라고 부르고 있다.

선생처럼 무도를 수련한 적은 없지만, '무도적 사고'에 대해서는 선생에게 많이 배웠다. '무도적 사고'에 입회하는 상황에서는 다음에 무엇이 일어날지 아무도 모른다. 그런데 다음에 무엇이 일어날지 모를 때라도 인간은 뭔가를 선택해야 한다. 과연 다음에 무엇이 일어날지 모를 때 인간은 어떻게 움직이는가. 조금만 생각하면 그다지 어려운 문제가 아니다. 할 수 있는 한 최대한 자유롭게 움직일 것이다. 말을 바꾸면 그다음 동작의 선택지가 최대화되도록 움직일 것이다.

이상적인 이야기가 아니다. 현실 세계에서도 우리는 그렇게 하고 있다. 예컨대 위기 상황에 직면한 사람은 '다음 선택지'가 최대화되도록 움직인다. 그래서 '미래의 미지성'에 직면했을 때 가장 '자유도'가 높은 곳을 목표로 움직이는 것에는 나름의 필연성이 있다. 그러한 움직임에 우리는 리얼리티를 느끼고 강함을 느끼고 아름다움을 느낀다. 내가 『우치다 다쓰루』를 쓰고, 선생의 책을 한국에서 먼저 출간할 것이라고 어떻게 사전에 예측하고 계획할 수 있을까. 이 일들은 '자유도'가 높은 곳을 목표로 몸과 마음을 열어서 움직이다 보니 나도 모르게 자연스럽게 달성된 것이다.

이와는 반대로 자신이 사전에 세운 확실한 계획대로 움직이는 사람은 '미래의 미지성'이라는 우리에게 아주 절실한 현실을 애써 내치게 된다. 다음에 무엇이 일어날지 아는 사람은 '단일한' 정답을 목표로 움직인다. 그것이 '단일한 정답'인 이상, 그것은 다른 선택지를 상정하지 않는 움직임이다. 이른바 막다른 골목으로 스스로 들어가는 꼴이 된다. 당연한 말이지만 그런 것이 미적인 감동을 주는 일은 없다.

'자유도'가 높은 곳을 목표로 몸과 마음을 열고 나 자신만이 할 수 있는 일을 하려고 노력하다 보니 생각지도 못한 또 다른 '미래의 미지성'과 만나게 되었다. 그건 바로 이 책의 '들어가는 말'에 등장하는 글귀를 통해서다.

> 첫 질문에서부터 꽤 놀랐고, 그러면서 '아, 이래서 국가라는 경계를 넘어 메시지를 보내는 일에는 의미가 있구나' 하고 생각하게 되었습니다. 한 번도 받아 본 적 없는 질문에 답하는 과정은 곧 한 번도 생각해 본 적 없는 것을 생각하는 과정이었습니다. 지금까지 한 번도 생각해 본 적 없는 것을 생각하게 해 주었다는 점에서 이번 책의 기획을 감사하게 여깁니다.

지금 내가 하는 이런 일들은 '같은 트랙 내에서 같은 잣대를 공유하고 같은 목표를 향해 서로 경쟁하는 경주자 중 한 명이 하는 일과는 상당히 동떨어져 있다. 이번 번역 일을 포함해서 내가 하는 일들은 국내의 학술 세계에서는 경쟁 상대가 한 명도 없고 애당초 이런 일들이 얼마큼 가치 있고 의미 있는 일들인지 수량화할 수 있는 기준 자체가 없다. 나아가 한국 학계의 잣대 혹은 가치관으로 보자면 '무의미' '무가치'한 일로 평가받을 것이 틀림없다.

그럼에도 나는 여전히 혼자서 '트랙'을 돌고자 한다. 오해가 있을 것 같아 급히 말을 덧붙이자면 지금은 이전과는 달리 '복수'의 코스를 계속해서 갈아타는 트랙을 달리고 있다. 처음에는 같은 도량형과 잣대를 공유한 경쟁자들과 같은 트랙을 돌았는데, 어느 순간 그들로부터 이탈해서 한참 달리다 보니 어느샌가 '나 자신만을 위해 특별히 마련된 트랙'이 눈 앞에 펼쳐지는 느낌이라고 해야 할까. 그래서 새로운 트랙으로 코스를 갈아타서 또 달리기 시작한다. 그러다가 어느 지점에 도달하다 보니 또 다른 트랙이 모습을 드러낸다. 그래서 또 코스를 갈아타고 달리기 시작한다.

그때마다 트랙은 규모도 길이도 그리고 땅의 감촉도 저마다 다르고 나아가 각각의 트랙을 돌면서 펼쳐지는 풍경도 다르다. 애당초 '어디를 향하는지'가 전부 다르다. 문득 자각해 보니 아무도 없는 장소를 혼자서 달리고 있다. 거기에는 이미 같은 트랙을 질주하던 경주자들은 어디에도 없다. 나의 경험이 가르쳐 주는 바에 의하면 '미래의 미지성'은 이처럼 예상치도 못한 시간과 장소에서 그때그때 다른 풍경을 보여 주는 것 같다.

이 책의 제목인 『무지의 즐거움』에 관해 우치다 선생이 당부하신 말씀을 제자 된 도리로 곱씹어 전하고자 한다. '무지의 즐거움'이라는 어휘꾸러미는 자신의 '무지'를 배움의 초기 조건으로 하고 거기서 출발하는 것은 아주 즐거운 일이라는 의미를 내포하고 있다. 그러나 '즐거움'만 너무 탐닉하다 보면 '무지'에 그냥 주저앉아 버리고 마는 일이 일어날 수 있다. 그러므로 무지를 제대로 즐기고 그것을 디딤돌로 삼으려면 나름대로의 진지한 지적 긴장이 반드시 필요하다. '무지의 즐거움'이라는 제목에는 '즐거움'과 '지적 긴장'이 꾸준히 균형을 유지해야 한다는 의미가 내포되어 있다. 즉 이 짧은 제목의 행간에는 "독자 여러분, '무지'가 '성장'으로 탈바꿈하고 또 다시 한 차원 높은 무지에 빠지는 무한 루프의 운동에 몸과 마음을 맡기세요"라는 의미가 배어 있다.

끝으로 이번 옮긴이 후기의 제목인 '지혜의 전도자 일을 전도하기'에 관해서도 잠시 이야기를 해 보고자 한다. 우치다 선생을 두고 일본에서는 '사상가' '사상의 정체사'(뭉친 곳 풀어 주는 사람) 등으로 부르고 한국에서는 '전방위 지식인' '거리의 사상가'라고 부르고 있다. 그런데 이 책의 '들어가는 글'을 읽어 보면 알겠지만, 그 어느 호칭도 선생이 하는 일의 본질을 제대로 길어 내고 있지 못한 것 같다. 우치다 선생 당신의 뜻을 이어받아 나는 선생을 '지혜의 전도자'라고 부르고자 한다.

'지식'과 '지혜'는 비슷한 듯하면서도 매우 다르다. 먼저 지식은 어떤 지점에 당도한 단계에서 완결된다. 반면에 지혜는 거기서부터 출발점으로 돌아와서 '일상생활'을 고쳐 살게 하면서 싹튼다.

인간은 어떤 방향으로 진행해 나간다. 그런데 그것은 어딘가에 당도하기 위함이 아니라 원래대로 돌아가기 위함이다. 대문호인 T. S. 엘리엇도 비슷한 이야기를 하고 있다. "모든 우리 탐구의 끝은 출발한 땅에 당도하는 것. 그리고 그 땅을 비로소 아는 것이다."

그때 출발한 지점과 돌아온 지점은 언뜻 보기에 똑같아 보이지만 실은 다르다.

요컨대 '지식'은 목표를 향해서 전진 운동하는 것에서 발생하는 반면 '지혜'는 앎과 삶을 왔다 갔다 하는 왕복운동에서 싹튼다. 다음과 같이 바꾸어 말할 수 있을 것이다. 지식에는 '앞으로 몸과 마음을 기우는 것'이 필요하고 지혜에는 역방향의 ‘공중제비’가 필요하다.

정토신종의 창시자인 신란親鸞은 ‘왕상’과 ‘환상’이라는 말로 이런 사태를 훌륭하게 설명해 내고 있다. 먼저 ‘왕상’은 여래 자신의 공덕을 모든 사람에게 돌려서 맹세를 하고 함께 석가여래불의 안락정토에 태어나는 것이다. 반면 ‘환상’은 자신이 태어난 땅에서 다양한 경험과 수련 등으로 덕을 쌓아 석가여래불의 안락정토에서 환생하는 것을 목표로 하는 것이 아니라 혼란과 고통으로 점철된 속세에 남아 사람들을 가르침으로 이끌고 함께 깨달음으로 향하는 삶을 의미한다.

이것은 굉장한 이야기다. 세상의 모든 게임은 ‘위로 올라가는 것’으로 끝나는 것이 당연한데 이 불교판의 게임에서는 “이겼다!”고 생각한 사람은 다시 출발점으로 돌아가서 ‘위로 올라가는 것’을 목표로 한다. 그것도 이번에는 번뇌에 빠진 사람들과 함께한다.

즉 이 이른바 ‘슈퍼 주사위 놀이’는 어리석은 자가 똑똑한 자로 출세하면서 끝나는 현대판 게임이 아니라 똑똑한 이가 ‘위로 올라서서’ 자각하고 나서야 비로소 어리석음을 알고 자신도 어리석은 이로 일단 추락하는 것을 통해 ‘깨달음’에의 길을 새로운 플레이어와 함께 고쳐 걷기 시작하는 여정이 된다.

따라서 '지식'의 획득을 산에 오름으로써 '남들이 우러러보는 사람'이 되는 것의 비유라고 하면 '지혜'를 갈고 닦는 것은 혼자서 산에 오르고 나서 다시 산 밑으로 내려와 세상 사람들과 함께 산에 오르는 것의 비유라고 할 수 있다.

나는 우치다 선생의 '지혜의 전도자' 일을 이렇게 이해하고 있다. 이번 책이 부디 국경을 넘어서 선생과 유쾌하게 함께 걷는 계기가 되기를 바라며 나아가 한 명이라도 많은 사람에게 선생의 지혜를 '전도'하는 밑거름이 되길 바란다.

주

1 칼 포퍼, 『열린사회와 그 적들 Ⅰ·Ⅱ』(이한구 옮김, 민음사, 2006·1989)

2 1931년 영국 태생의 작가 콜린 윌슨의 책으로 국내에서도 『아웃사이더』(이성규 옮김, 범우사, 1997)로 번역 출간되었다.

3 우치다 다쓰루, 『어떻게든 되겠지』(김경원 옮김, AK커뮤니케이션즈, 2023)

4 우치다 다쓰루, 『레비나스와 사랑의 현상학』(이수정 옮김, 갈라파고스, 2013)

5 『레비나스와 사랑의 현상학』(이수정 옮김, 갈라파고스, 2013) 『레비나스, 타자를 말하다』(박동섭 옮김, 세창출판사, 2023) 『우치다 다쓰루의 레비나스 시간론』(박동섭 옮김, 갈라파고스, 2023)

6 우치다 다쓰루, 『複雑化の教育論』(東洋館出版社, 2022)

7 시라카와 시즈카, 『공자전』(장원철·정영실 옮김, 펄북스, 2016). 원서 출간은 1972년.

8 우치다 다쓰루, 『거리의 현대사상』(이지수 옮김, 서커스출판상회, 2019)

9 우치다 다쓰루, 『우치다 선생이 읽는 법』(박동섭 옮김, 유유, 2020)

10 우치다 다쓰루, 『어떤 글이 살아남는가』(김경원 옮김, 원더박스, 2018)

11 우치다 다쓰루, 『어른 없는 사회』(김경욱 옮김, 민들레, 2016)

12 우치다 다쓰루, 『교사를 춤추게 하라』(박동섭 옮김, 민들레, 2012)

13 박동섭, 『우치다 다쓰루』(커뮤니케이션북스, 2022)

14 국내에서는 『푸코, 바르트, 레비스트로스, 라캉 쉽게 읽기』(이경덕 옮김, 갈라파고스, 2010)로 번역 출간되었다.

15 이 책의 성경 번역은 기본적으로 개역개정판을 따랐으며, 독자의 이해를 돕기 위해 몇몇 단어를 변경했다.

16 『마태복음』 18장 14절

17 "Many forms of Government have been tried, and will be tried in this world of sin and woe. No one pretends that democracy is perfect or all-wise. 'Indeed it has been said' that democracy is the worst form of Government except for all those other forms that have been tried from time to time."

18 "And most important, have the courage to follow your heart and intuition. They somehow already know what you truly want to become."

19 『레비나스와 사랑의 현상학』(이수정 옮김, 갈라파고스, 2013) 『레비나스, 타자를 말하다』(박동섭 옮김, 세창출판사, 2023) 『우치다 다쓰루의 레비나스 시간론』(박동섭 옮김, 갈라파고스, 2023)

20 우치다 다쓰루, 『前-哲学的: 初期論文集』(草思社, 2020)

21 우치다 다쓰루, 『私家版·ユダヤ文化論』(文藝春秋, 2006)

무지의 즐거움
: 지적 흥분을 부르는 천진한 어른의 공부 이야기

2024년 11월 4일　초판 1쇄 발행

지은이 우치다 다쓰루
옮긴이 박동섭

펴낸이 조성웅
펴낸곳 도서출판 유유
등록 제406-2010-000032호(2010년 4월 2일)

주소 경기도 파주시 돌곶이길 180-38, 2층 (우편번호 10881)

전화 031-946-6869
팩스 0303-3444-4645
홈페이지 uupress.co.kr
전자우편 uupress@gmail.com

페이스북 facebook.com/uupress
트위터 twitter.com/uu_press
인스타그램 instagram.com/uupress

편집 사공영, 김은경
디자인 studio forb
마케팅 전민영

제작 제이오
인쇄 (주)민언프린텍
제책 라정문화사
물류 책과일터

ISBN 979-11-6770-104-6 03800

유유에서 펴낸
우치다 다쓰루와 박동섭의 책

도서관에는 사람이 없는 편이 좋다

처음 듣는 이야기

우치다 다쓰루 지음, 박동섭 옮김

일본의 대표 사상가 우치다 다쓰루가 전하는 책 이야기. 종이책과 전자책, 도서관과 사서, 학교 교육, 출판계, 독립서점 등 책을 둘러싼 이제껏 접하지 못했던 이야깃거리를 총망라한다. '도서관에는 사람이 없는 편이 좋다' '사서는 새로운 세계로 아이들을 이끄는 마녀가 되어야 한다' '책장은 우리의 욕망을 보여 주는 공간이다' 등 깊은 성찰을 토대로 한 선생의 번뜩이는 아이디어는 책을 사랑하는 이들에게 즐거운 화두가 된다.

우치다 선생이 읽는 법

뾰족하게 독해하기 위하여

우치다 다쓰루 지음, 박동섭 옮김

레비나스, 레비스트로스, 라캉 등 프랑스 현대사상을 기반으로 지금 여기의 문제를 날카롭게 분석하는 우치다 다쓰루가 이번에는 조금 느슨하게 그러면서도 뾰족하게 '읽기'에 대해 이야기한다. 그는 오랫동안 블로그 '우치다 다쓰루의 연구실'을 운영하며 정치, 영화, 문학, 만화, 무도 등 다양한 주제로 글을 써 왔다. 그중에서 책과 독서 행위를 둘러싼 다양한 이야기를 골라 엮은 것이 바로 이 책 『우치다 선생이 읽는 법』이다.

우치다 다쓰루는 이 책에서 문학에서 예술로, 정치에서 영화로, 고전 시가에서 무도로 장르와 장르 사이를 쉴 새 없이 오가며 우리에게 자신이 읽은 책과 세계에 대해 이야기한다. 그가 온갖 분야를 종횡무진으로 누비며 '읽기'에 대해 말하는 까닭은 그에게 읽기는 곧 배우는 힘을 단련하는 방법이기 때문이다. 잘 읽는다는 것은 단순히 눈으로 읽고 지식을 습득하는 일이 아니다. 온몸으로 읽어 내고, 강렬한 신체적 쾌감을 느끼고, 배운 것을 다른 사람에게 전하는 읽기를 실천한다면 '어제의 나와 다른 나'로 살아갈 힘을 키울 수 있을 것이다.

우치다 선생에게 배우는 법

스승이라는 모항에서 떠나고 돌아오기 위하여

박동섭 지음

학문, 지역, 연령 간 경계를 넘나들며 의미 있는 배움을 찾고 그것을 대중과 나누고자 하는 한국의 독립 연구자 박동섭이 '거리의 사상가' 우치다 다쓰루를 만나서 배우고 얻은 것을 기록한 책. 『스승은 있다』라는 책으로 처음 저자와 번역가의 연을 맺은 후 두 사람은 서로의 스승과 제자를 자처하며 또 다른 배울 자리를 만들어 내고, 함께 배울 더 많은 사람들을 결집시켰다. 우치다 다쓰루라는 탁월한 사상가를 알고자 하는 사람에게는 그의 사상을 한눈에 파악할 수 있는 길잡이가 될 것이고, 배울 곳, 배울 거리, 본받을 스승을 찾는 이들에게는 스승의 역할과 필요성, 찾아갈 방법을 일러주는 따뜻한 안내서가 될 것이다.

배움엔 끝이 없다

우치다 선생의 마지막 강의

우치다 다쓰루 지음, 박동섭 옮김

21세기형 사상가 우치다 다쓰루 선생이 강단을 떠나며 전한 마지막 강의를 모았다. 고베여학원대학, 교토대학원 등에서 선생은 인문과학 분야의 현재와 미래, 종교와 교육, 공생과 복지 등 실로 중요한 문제를 다룬다. 강의에는 다양한 사회 현안을 입체적으로 읽어 내는 선생만의 통찰과 현대 사회의 갖은 문제에 기민하게 반응하는 영민한 연구자의 현재가 담겼다. 촘촘한 논리와 뾰족한 질문이 가득한 강의로 선생은 '배움엔 끝이 없다'는 것을 끝없이 증명해 낸다.